La nostalgie des buffets de gare

Collection dirigée par Lidia Breda

Du même auteur

Aux Éditions Gallimard :

L'Amoureux malgré lui, roman, 1989 (L'Infini).

Tout doit disparaître, roman, 1992 (L'Infini, Folio, n° 3800).

Gaieté parisienne, roman, 1996 (Folio, n° 3136).

Drôle de temps, nouvelles, 1997, avant propos de Milan Kundera, Prix de la nouvelle de l'Académie française (Folio, n° 3472).

Les Malentendus, roman, 1999 (Folio, n° 4937).

Le Voyage en France, roman, 2001, prix Médicis (Folio, n° 3901).

Service clientèle, roman bref, 2003 (Folio, n° 4153).

La Rebelle, roman, 2004.

Les Pieds dans l'eau, roman, 2008 (Folio, n° 5037).

L'Été 76, roman, 2011 (Folio, n° 5577).

L'Ordinateur du paradis, roman, 2014.

Aux Éditions Fayard :

La Petite Fille et la Cigarette, roman, 2005 (Folio, n° 4510).

Chemins de fer, roman, 2006 (Folio, n° 4774).

La Cité heureuse, roman, 2007.

L'Opérette en France, essai illustré, 1997, nouvelle édition, 2009.

Le Retour du Général, roman, 2010 (Folio, n° 5384).

À nous deux, Paris !, roman, 2012 (Folio, n° 5690).

Polémiques, essai, 2013.

Chez d'autres éditeurs :

Sommeil perdu, roman, Grasset, 1985.

Requiem pour une avant-garde, essai, Les Belles Lettres, 1995, nouvelle édition, 2005.

À propos des vaches, roman, Les Belles Lettres, 2000 (Petit Vermillon, n° 194).

Le Grand Embouteillage, essai, Le Rocher, 2002.

Ma belle époque, chroniques, Bartillat, 2007.

Ballets roses, essai, Grasset, 2009.

Benoît Duteurtre

La nostalgie des buffets de gare

Manuels Payot

Retrouvez l'ensemble des parutions
des Éditions Payot & Rivages sur

payot-rivages. fr

106, boulevard Saint-Germain – 75006 Paris

À Jean-Pierre George

1

La gare et l'aéroport

J'ai toujours aimé les gares, ces monuments vivants dressés au cœur des villes, ouverts sur des horizons inconnus. Je me rappelle, enfant, la fumée des derniers trains à vapeur sous la lourde charpente en fer. Ma mère partait en voyage et je l'avais accompagnée dans une mêlée de corps chargés de valises, de contrôleurs, de porteurs, de couples enlacés. Au début des années 1960, on voyait encore circuler quelques-unes de ces anciennes locomotives qui me donnent, rétrospectivement, l'impression d'avoir traversé un film en noir et blanc d'avant-guerre.

J'ai pris l'avion beaucoup plus tard, si bien qu'il n'est pas chargé, pour moi, de la même intensité de souvenirs. Je me rappelle encore, quelques années après, m'être rendu à Orly pour assister à l'envol des Caravelle. Dans l'aérogare flambant neuve, tout semblait luxueux, comme pour souligner le privilège du voyage aérien : horloges électriques, sculptures et tapisseries abstraites, hôtesses élégantes, accueil stylé, portes vitrées donnant sur d'excellents restaurants. C'était joliment moderne et français, comme une DS Citroën, une chanson de Lanzmann et Dutronc, un film de Georges Lautner… Je n'ai jamais aimé, cependant, les aéroports autant que les gares pour certaines raisons faciles à résumer.

Les grandes gares, édifiées pour la plupart au XIXe siècle, s'ouvrent d'un côté sur le grouillement de la ville, de l'autre sur l'horizon mystérieux des voies ferrées. Elles prolongent la cité, telle une grande place sous les verrières, où l'on peut simplement passer, se restaurer, acheter un journal. Mais leurs quais ressemblent aussi à un bord de mer plein de promesses. C'est pourquoi, sans doute, les gares ont toujours été des rendez-vous d'amis ou d'amoureux. Elles se prêtent à la flânerie, à la mélancolie, accueillent la solitude au cœur de la foule ; elles sont parfois des refuges où les clochards d'autrefois venaient chercher un peu de chaleur, où les paumés s'accoudaient au zinc d'un grand café ouvert près des voies dans la salle des « pas-perdus ». La spontanéité, l'instinct, le hasard ont leur place en ces carrefours où l'on peut aussi bien, au dernier instant, prendre un billet pour n'importe où, gravir en hâte le marchepied du train qui s'ébranle, puis disparaître.

Cette poésie de la gare donna lieu à l'une des plus amusantes publications de l'Internationale lettriste – ancêtre de l'Internationale situationniste – qui publiait alors la revue *Potlatch*. Au cours d'une réunion consacrée aux « Projets d'embellissements rationnels de la ville de Paris », les participants appelèrent à divers bouleversements urbains, comme l'abolition des musées et la « répartition des chefs-d'œuvre artistiques dans les bars ». Gil J. Wolman, un des plus inventifs, proposa quant à lui de « garder les gares telles qu'elles sont » et salua « leur laideur assez émouvante » ; mais il recommanda « que l'on supprime ou que l'on fausse arbitrairement toutes les indications concernant les départs (destinations, horaires, etc.). Cela pour favoriser la *dérive*. »

Les aéroports, inversement, se situent loin des villes, au cœur de campagnes mortes où l'on doit se rendre en voiture – ce qui exclut à peu près le hasard. Peu accueillants pour les pauvres et les flâneurs, ils se prêtent mal aux rendez-vous, sauf pour ceux qui attendent un avion. On ne peut y perdre son temps qu'en dépensant pour acquérir à prix détaxé des objets de marque, des montres, des bouteilles d'alcool ou des cigarettes. La réservation préalable du billet constitue une règle presque absolue, et les rares voyageurs qui décideraient de partir au dernier moment devraient quand même monter patte blanche en déclinant leur identité.

Or, voici que, dans le mouvement général et bruyant de « réforme » amorcé par notre société depuis la fin du XXe siècle, et qui s'accélère chaque jour, la nature même des gares est en train de changer. Les voici livrées à ces poisons omniprésents que sont le démantèlement des services publics, l'obsession hygiéniste et sécuritaire, l'obscénité des marques, l'automatisation, la quête frénétique de rentabilité, l'inflation immobilière (ou dans un autre ordre si l'on préfère). Autant de réalités et de mots d'ordre martelés, puis mis en œuvre par l'administration des chemins de fer qui semble s'évertuer à détruire la poésie des gares pour les transformer en aéroports.

Rénovation de la gare Saint-Lazare

L'organisation de travaux secrets, dissimulés derrière des bâches et des murs provisoires, aurait dû éveiller notre méfiance… mais on ne pouvait s'empêcher d'attendre avec la naïveté de spectateurs guettant le lever du rideau. Vu les complications quotidiennes que cela entraînait depuis plusieurs années, il était clair que la SNCF avait fait de ce chantier une grande affaire. Elle n'avait pas hésité à tout condamner de l'ancienne gare Saint-Lazare, à fermer les buffets, les guichets, les kiosques à journaux et même les distributeurs d'argent : rien n'avait résisté à ces destructions, contraignant les passagers à emprunter des itinéraires provisoires au milieu des bâches, en attendant de découvrir un édifice entièrement nouveau. Quelle création audacieuse allait donc succéder au vieux temple métallique de la révolution industrielle ? Quel décor allait succéder à ce palais de la machine à vapeur, inscrit dans les mémoires par les fumées de Claude Monet ? Quel habit neuf allait arborer cette salle des pas-perdus où, d'une génération à l'autre, des millions de banlieusards avaient attrapé leur train, pris un café au comptoir, lu le journal et fumé une cigarette en écoutant les annonces de départ ?

Enfin, le rideau s'est levé, le 21 mars 2012. Nous avons ouvert nos regards brillants, tels des enfants découvrant leurs étrennes ; et nous avons découvert ce que chacun a vu, depuis, sous les applaudissements des autorités et les vivats de la presse : un *centre commercial* comme il en pousse partout dans le monde, avec ses escalators, ses transparences et ses boutiques affichant leurs enseignes familières. *Solaris*, *Esprit*, *Celio*, *Dim*, *Swatch*, occupaient désormais tout le volume du bâtiment, des galeries de métro jusqu'au départ des voies. Leurs sigles colorés renvoyaient à cette poignée d'entreprises planétaires qui ont fini par abolir toute fantaisie dans les achats et qui ont unifié le décor des villes, réduites au même alignement de logos. Quant aux escalators, ils étaient implantés de telle façon qu'il soit impossible de sortir ou d'entrer directement dans la gare, sans passer par les galeries marchandes.

Le plus étonnant résidait toutefois dans cet enthousiasme du commentaire, « de droite » comme « de gauche », qui désignait comme une avancée magnifique cette transformation d'une gare en supermarché. À en croire même Bertrand Delanoë, maire socialiste de Paris, une grande œuvre s'accomplissait avec l'ouverture de ce nouvel espace commerçant qui invitait les millions de banlieusards à transformer leur temps d'attente en temps d'achat – pour ceux qui en avaient les moyens – et, dans le cas contraire, en temps de frustration. Quant à moi, trop attaché sans doute à l'ancienne idée d'une gare, je cherchais en vain ces comptoirs en zinc ouverts au flux des passagers où, depuis tant d'années, je m'arrêtais pour manger un croque-monsieur en buvant un demi ; je cherchais cette terrasse du buffet de gare où l'on pouvait s'asseoir avec sa valise en attendant la commande du garçon de café ; je cherchais ces kiosques à journaux où j'attrapais rapidement la presse du jour.

De cette forme de vie archaïque, rien n'a survécu dans la nouvelle gare flamboyante qui ressemble bien davantage à un hall d'aéroport. Pour bien marquer la rupture, on a supprimé les grandes horloges suspendues, comme si seul le temps des emplettes comptait dans cette salle des « pas-rentabilisés ». Le grand comptoir où s'accoudaient badauds et hommes d'affaires s'est transformé en restaurant *Burger King* devant lequel il faut faire la queue avant de passer sa commande. Le buffet de la gare, repris par la chaîne *Starbucks Coffee*, n'a plus de personnel pour vous servir à l'extérieur, ni à l'intérieur. Là aussi, le voyageur affamé doit se résoudre à rejoindre l'interminable file d'attente de ceux qui trouvent normal de prendre leur tour pour commander une boisson chaude, avant de régler l'addition au caissier et de repartir, sa tasse à la main. Il n'est pas toujours simple d'affronter cette situation avec des bagages ; mais j'imagine que c'est une chance d'accueillir ici une marque internationale aussi connue que Starbucks Coffee, célèbre pour ses boissons chaudes et son art de l'évasion fiscale.

Quant à ceux qui préfèrent manger sur le pouce, ils doivent se regrouper autour des nouvelles enseignes de nourriture à emporter, où il faut également faire la queue, mais où nul espace n'est prévu pour s'asseoir, manger, ou boire tranquillement. Certaines chaînes de restauration rapide, comme La Croissanterie ou Pains à la ligne, se donnent des airs vieille-France avec leurs sandwichs jambon-beurre. Elles n'en négligent pas moins les habitudes locales, et l'on ne trouve guère de vin dans ces bistrots abondamment pourvus de *Coca-Cola*, *Redbull* – et pour le dessert de *cookies* ou de *muffins* ; ce qui paraît bien naturel dans un pays où le buffet de la gare s'est transformé en Starbucks Coffee et où chaque détail nouveau semble conçu pour nous rapprocher davantage d'un supposé modèle américain.

Dans l'espace de vente de billets de train, le nombre de guichets humains a encore diminué face à la forêt d'automates. Ceux qui préfèrent s'adresser à un employé doivent également prendre leur tour dans la file d'attente unique, délimitée par un serpentin, et finissant devant une ligne à ne pas dépasser. C'est à l'aéroport JFK de New York que j'ai vu, pour la première fois, cette queue égalitaire chère à nos amis d'outre-Atlantique. La tradition française, si l'on ose dire, se caractérisait plutôt par la concurrence des files, la volonté mesquine de gagner une place, et le sentiment de choisir toujours la « mauvaise » rangée. Les peuples ont leurs habitudes et leur caractère, mais sur ce point nous avons peut-être gagné au change. Quant aux kiosques à journaux, ils se sont transformés en *Relay*, voire en supermarchés qui vendent les romans du jour, des magazines et des confiseries… mais où il faut également patienter à la caisse où règne, comme ailleurs, le principe du « flux tendu ».

Les plus aventureux s'en iront flâner au *Daily Monop* du rez-de-chaussée, ouvert tard le soir, et pratique pour faire quelques courses avant de rentrer chez soi. Tout n'est pas mauvais dans cette transformation, mais la loi de l'immobilier commercial a rendu le moindre mètre carré, payant, labellisé. Seuls témoins du vieux Paris : ces verrières peintes de 1927, suspendues au-dessus des guichets, qui représentent les villes de l'ouest. Dans le chamboulement général, elles ont bénéficié de la rénovation soigneuse qu'on réserve aux meubles *design*. Après Saint-Lazare et la gare de l'Est, les gares du Nord et Montparnasse passeront bientôt au grand nettoyage. Pour cette dernière, le projet grandiose prévoit une « refonte totale » et l'aménagement de dix-huit mille mètres carrés de commerces. Le chantier compliquera la vie des passagers de 2015 à 2019. Mais les *usagers* se réveilleront *clients*, et Paris, alors, aura presque oublié ce qu'était une gare.

Le nouveau Saint-Lazare rappelle, à sa façon, ces quartiers urbains réhabilités, eux aussi, pour accompagner l'explosion du marché immobilier : les immeubles sont décapés, les rues plus propres, les petits commerces de nécessité ont fait place à des agences bancaires ou des boutiques de vêtements. Tout sent la marque et la mort dans cet espace aseptisé où quelques balayeurs traquent le déchet, comme si la ville n'était plus qu'une vitrine de ville, et la gare une vitrine de gare, ne laissant guère de place à la vie urbaine dans son foisonnement, ses rencontres, ses imperfections et ses hasards. Une gare où l'on n'attend plus son train en lisant le journal, mais où l'on rentabilise son temps et celui des entreprises, afin qu'il ne soit plus jamais question de « pas perdus »…

Reconstruire les gares à la campagne

Les faits sont clairs. Malgré leurs professions de foi sur le « développement durable » et les vertus écologiques du rail, les administrateurs en charge des chemins de fer n'aiment ni les gares, ni les trains, ni tout ce que ceux-ci apportent de simple et pratique à la vie quotidienne. Ils ont rendu la réservation obligatoire et fermé quantité de lignes secondaires. Ils ont supprimé les wagons-restaurants et les wagons-lits. Ils veulent nous contraindre à étiqueter nos bagages et nous interdisent désormais de grimper à bord « moins de deux minutes avant le départ ». Ils ont livré les gares aux boutiques de vêtements, mais ils en ont éliminé les consignes. L'arrivée des voies au cœur des villes continue cependant à présenter, dans leur esprit, un inconvénient majeur ; car la surface dévolue à ces vastes bâtiments représente un capital inestimable en regard des normes de rentabilité du mètre carré dans les grandes agglomérations.

Pour pallier ce handicap, la solution privilégiée consiste donc à transformer les gares en centres commerciaux et centres d'affaires. En remodelant les bâtiments, puis en confiant leur exploitation à des sociétés privées, les chemins de fer français espèrent augmenter les redevances perçues, de 1,60 euro à 3,20 euros par voyageur. Sous prétexte d'esthétique et de convivialité, ils s'inspirent du très libéral modèle britannique mis en œuvre gare Saint-Pancras à Londres, et repris gare

Saint-Lazare avec ses quatre-vingts boutiques et dix mille mètres carrés d'espaces commerciaux. Dans les galeries superposées, entièrement non-fumeurs, quelques sculptures abstraites aussi gaies qu'un Vasarely se chargent d'apporter un supplément d'âme ; sans oublier le *street piano* qui invite de jeunes virtuoses à se produire au milieu de l'espace public, quitte à transformer la musique en élément du brouhaha.

Pressés de « valoriser » leur patrimoine immobilier, la SNCF et Réseau ferré de France (RFF) avancent toutefois d'autres solutions, comme celle qui consiste à mettre en vente les immenses terrains longtemps occupés par les gares de triage, les ateliers, les garages – dont on aperçoit encore les restes à l'approche de la gare de Lyon ou de la gare Saint-Lazare. Cette mine d'or pour les urbanistes et les promoteurs a déjà permis de façonner le nouveau quartier d'Austerlitz. Elle contribue désormais à réduire l'endettement des chemins de fer lié au développement frénétique du TGV. Sur les rails comme dans les ministères, le patrimoine est à la disposition du plus offrant ; ce qu'explique en termes choisis Sophie Bossard, la directrice de SNCF Immobilier : « Nous ne voulons pas seulement vendre des terrains qui ne sont plus utiles, mais aussi jouer notre rôle d'aménageur et de copromoteur pour tirer parti de nos vingt mille hectares de foncier et douze millions de mètres carrés d'immeubles. »

Une autre solution d'avenir consiste à *délocaliser* les gares urbaines pour les rebâtir loin du centre, tout comme Alphonse Allais suggérait de « reconstruire les villes à la campagne ». Tandis que dépérissaient quantité de petites stations qui assuraient la desserte du territoire, on a vu pousser, en bordure des agglomérations, ces nouveaux édifices qui, par maints aspects, sont la négation même des avantages du train. Les gares-aéroports – telle Valence-TGV ou Aix-TGV – ne sont pas seulement inspirées par les terminaux aériens, avec leurs coques en béton et leurs immenses parois vitrées qui font jubiler les architectes et les élus locaux, pressés de célébrer un « grand geste architectural ». Elles témoignent d'une profonde indifférence à l'idée même de maillage ferroviaire permettant au voyageur de se rendre d'une ville à l'autre.

La plupart, en effet, ne sont pas reliées au réseau secondaire, mais seulement implantées sur le parcours à grande vitesse et à haute rentabilité. Le voyageur qui débarque à Aix-TGV n'a donc aucun moyen d'atteindre la gare d'une localité voisine, et pas même la gare centrale d'Aix-en-Provence. Une fois effectué son trajet rapide et coûteux, il devra se débrouiller seul pour terminer son voyage. La conception de ces nouvelles gares, entourées d'immenses parkings, lui signifie clairement que le mieux à faire, pour rejoindre sa destination, est d'utiliser la voiture, d'en louer une chez Avis ou Hertz, à moins d'emprunter l'autocar qui se rend au centre-ville. Dans les gares-aéroports, le moteur à essence devient le prolongement nécessaire du voyage en train. Le développement du rail, dans sa nouvelle phase, exerce ainsi l'effet contraire aux prétentions écologiques affichées par la SNCF. Malgré les campagnes de communication sur la contribution du transport ferroviaire au « développement durable », l'implantation de ces bases lointaines génère un trafic routier supplémentaire, des embouteillages aux heures de pointe et des complications multiples pour le voyageur.

J'ai parfois l'impression que le mouvement moderne du monde qui nous a donné le confort, la vitesse et la liberté, s'évertue parallèlement à gâcher nos existences en les enfermant dans une inépuisable série de contraintes : nouvelles méthodes comptables, gains de rentabilité, règles de sécurité, interdictions de toute sorte, suppression de services, promotion des marques… De ces maux qui s'exercent dans la société tout entière, les chemins de fer offrent un exemple qui touche à notre vie quotidienne et à nos rêveries. J'ignore si les choses ont toujours été ainsi ; mais ce doit être, alors, une des vieilles souffrances de l'homme que de sentir cette tyrannie du changement, cette fuite en avant toujours prête à bouleverser certaines formes de bien-être et de civilisation que nous pensions avoir conquises.

2

Socrate et le TGV

Ça ressemble aux soldes des grands magasins : plusieurs fois par an, la SNCF nous annonce, par voie publicitaire, la mise en vente de lots de billets bon marché : Paris-Marseille ou Paris-Montpellier pour dix-neuf euros seulement. Dès le début de l'hiver, la clientèle désargentée se voit, de la sorte, invitée à réserver pour ses vacances d'été. À en croire les discours de la compagnie, ces « petits prix » doivent permettre à tous, même aux plus modestes, de profiter des avantages du TGV. La foire aux bonnes affaires inclut toutefois certaines conditions qui ramènent vite les candidats à leur condition précaire :

– D'abord il faut se rendre rapidement sur Internet. Comme dans toute braderie, seuls les premiers seront bien servis, et il ne restera rien pour les retardataires. Quant à ceux qui ne manipulent pas la navigation sur le Web, les voilà exclus de ce programme philanthropique.

– Par ailleurs, ces billets *low cost* (en anglais dans le texte) sont « non remboursables » et ne peuvent s'échanger qu'à certaines conditions, en s'acquittant de fortes taxes, comme sur les avions en classe économique. Pour partir en vacances à moindre coût, il vous faudra fixer la date longtemps à l'avance et en toute certitude, car la moindre erreur, le moindre imprévu, transformeront la bonne affaire en pure perte.

– Les billets proposés concernent certaines destinations fixées par la SNCF en fonction de ses perspectives de remplissage. Autrement dit, pour voyager à prix réduit, vous devrez vous rendre en un lieu choisi pour vous : à Montpellier mais pas à Quimper ; à Disneyland mais pas à Chambord.

– Enfin, les nouveaux voyages à prix « canon » (comme dit le président Guillaume Pépy), rassemblés au sein de l'offre *Ouigo* (en franglais dans le texte), ne sont pas disponibles au départ des gares traditionnelles. Ils supposent d'embarquer dans les terminaux des périphéries urbaines, comme celui de Marne-la-Vallée. Il vous faudra donc commencer votre trajet en voiture ou en RER (cinquante minutes de liaison en partant de Châtelet-Les

Halles ; douze euros pour aller de Lyon Part-Dieu à Lyon Saint-Exupéry), puis emprunter l'autocar pour vous rendre d'Avignon-TGV jusqu'à la place de l'Horloge.

Orchestrées avec tambours et trompettes, ces nouvelles offres démontrent officiellement l'engagement *social* de la SNCF, épinglée pour la hausse continuelle des prix sur ses LGV (lignes à grande vitesse). Face à la grogne des usagers, et sous la pression du gouvernement, l'entreprise a opté pour cette double évolution qui consiste à libérer les tarifs de toute contrainte réglementaire ; mais qui suppose, en contrepartie, de distribuer quelques billets bon marché censés rétablir l'équilibre. Ainsi prétend-elle jouer son rôle de « service public » tout en développant sa clientèle d'affaires. Le modèle aérien, toujours ! Questionné dans *Le Figaro Magazine* sur son cadeau préféré, le président Pépy répond sans hésiter : « Offrir des billets d'avion. »

*

Fondée en 1937, après la nationalisation de plusieurs compagnies privées, la Société nationale des chemins de fer français a longtemps poursuivi des objectifs tout différents. Ses fondements, d'une simplicité rigide, reposaient sur le principe d'équité pour tous les citoyens, sur l'ensemble du territoire. Le sacro-saint « prix unique du kilomètre » faisait primer la possibilité, pour chacun, d'accéder au transport ferroviaire, quelle que soit la rentabilité de tel ou tel segment du réseau. Selon cette loi républicaine, l'habitant de la Lozère ne devait pas payer son trajet plus cher que celui de la région parisienne, sous prétexte que les trains étaient plus rares. Les billets possédaient une valeur marchande équivalente au nombre de kilomètres, échangeable en tout lieu. L'ensemble du réseau bénéficiait donc de soins identiques. Par ailleurs, un éventail d'abonnements et de réductions facilitait l'accès des étudiants, des retraités, des familles, à l'ensemble du réseau.

Un tel service, financé par l'impôt, visait un but pour le moins honorable : mettre à disposition de la collectivité un moyen de transport confortable permettant de se déplacer aisément d'une ville à l'autre en lisant, en mangeant, en dormant, en fumant, en se dégourdissant les jambes, ou en admirant le sublime défilé des paysages, comme ces gorges de l'Allier sur l'itinéraire du Cévenol qui dessert encore – lorsqu'il n'est pas supprimé – l'itinéraire Clermont-Ferrand-Nîmes. Contribuant à désengorger les routes, il assurait par ailleurs d'innombrables emplois d'agents et de sous-traitants – depuis la fabrication des wagons jusqu'aux buffets de gare où l'on pouvait se donner rendez-vous partout en France. Il contribuait, par son organisation, au niveau de vie de la société et à la richesse du pays.

Tout a changé dans les années 1990 avec le développement du TGV et le lancement d'un nouveau système de gestion qui, sous l'apparence d'un simple changement technique, allait bouleverser les fondements de l'entreprise nationale. Tandis que s'accentuait, au sein de l'Union européenne, la remise en question des services publics, dans la perspective de la « concurrence libre et non faussée », de nouvelles générations de cadres, de fonctionnaires et de responsables politiques, ont commencé à regarder la SNCF comme une entreprise ordinaire, divisible en activités, en « métiers » (comme dit le président Pépy), en lignes plus ou moins rentables, en « marques » susceptibles de dégager des profits… à condition de pouvoir moduler les prix. Leur vision futuriste s'accommodait mal, toutefois, du sacro-saint « prix unique du kilomètre » ; c'est pourquoi furent mis en œuvre, dans un premier temps, divers stratagèmes censés inculquer aux usagers une nouvelle façon de penser.

Les entreprises modernes, dans leur communication, convoquent fréquemment l'art et la poésie. À l'aube du XXe siècle, une multinationale de parkings et d'autoroutes s'est rebaptisée *Vinci*, tandis que la première firme mondiale de ramassage d'ordures optait pour le délicat sobriquet de *Veolia*. La SNCF les avait précédées en choisissant, dès 1999, le nom de *Socrate* pour amorcer le principal tournant de son histoire, mettre à bas son vieux système de tarification, et s'aligner sur le fonctionnement des compagnies aériennes, devenues le modèle du transport mondial.

C'est, de fait, à une compagnie aérienne américaine (American Airlines) que fut acheté le nouveau système de gestion rebaptisé du nom du philosophe athénien. Les responsables de la SNCF n'insistèrent guère, toutefois, sur la signification réelle de « Socrate », simple acronyme de : *Système Offrant à la Clientèle des Réservations d'Affaires et de Tourisme en Europe*, S.O.C.R.A.T.E. Les mots dissimulés derrière ce symbole de sagesse en disaient pourtant long : aux usagers du service, ils substituaient la « clientèle », et le billet d'une valeur donnée, correspondant au nombre de kilomètres, se transformait en « réservation » affectée à un seul trajet. Quant au train, il n'en était plus même question dans ce projet « d'affaires et de tourisme » dont les ambitions allaient bien au-delà des vaillants chemins de fer.

Pour la plupart des voyageurs, Socrate prit une apparence plus anecdotique. À l'intérieur des halls de gare, son nom sembla désigner d'abord cet automate orange censé fournir des billets sans passer par les épuisantes files d'attente – qui s'allongeaient du fait de la compression délibérée du personnel. Reliée au réseau informatique de la société, cette machine s'avérait toutefois d'un usage problématique, car elle refusait d'émettre le billet sans enregistrer préalablement toute une série d'informations, comme les heures précises de départ et de retour. De telles exigences ne correspondaient guère à l'usage courant du train, dont la fréquence et la souplesse répondaient aux imprévus de la vie quotidienne, permettant aux usagers de se décider à la dernière minute, ou d'attendre le départ suivant avec le même billet. Tandis que les pouvoirs publics prétendaient encourager le transport ferroviaire, un mur de complications se dressait entre le passager et son véhicule favori. Pis encore, le temps d'émission d'un billet délivré par Socrate s'avérait sensiblement plus long que celui des anciens guichetiers humains, habitués à débiter quantité de tickets aux heures de pointe. Ces contraintes atteignaient toutefois leur but, en instillant dans l'esprit de la clientèle l'obligation de la réservation et la valse des prix selon le jour et l'heure.

Pendant dix ans, la compagnie a combattu pour imposer ces nouveaux usages. Elle a mis à l'amende les passagers sans réservation, avant de leur interdire l'accès aux voies. Tandis que le TGV imposait ses procédures, nombre de liaisons régionales se sont vues abandonnées au vieillissement et au manque d'entretien. Les conditions de transport ont cessé d'être identiques pour chaque citoyen, où qu'il se trouve sur le territoire. Acceptée sans broncher par la tutelle publique, cette évolution discordante des lignes ordinaires et du réseau à grande vitesse a semblé justifier la modulation des tarifs tenant compte du type de train et de la fréquentation. Aujourd'hui, le prix du kilomètre peut varier d'un à quatre.

Cette révolution, contraire aux principes, devait toutefois s'accomplir dans le flou et dans le déni. L'attachement de la population aux chemins de fer, mais aussi l'importance des effectifs d'agents et de cheminots, largement syndiqués, interdisaient de revendiquer la conversion de la SNCF aux objectifs d'une entreprise privée. C'est pourquoi les tutelles politiques, de droite comme de gauche, n'ont cessé de proclamer leur soutien au « service public ». Sauf que, dans le même temps, les responsables administratifs et financiers, désignés par ces mêmes tutelles, se sont évertués à tout changer sans rien dire, à employer les mots du secteur public tout en généralisant les usages du privé, à libérer les tarifs, mais à montrer leur engagement social en offrant aux pauvres des billets *low cost* à bord de TGV spéciaux affrétés dans les gares de banlieue.

Par son intitulé, la Société nationale des chemins de fers semble dater d'une autre époque, et l'on suppose que nos modernes gestionnaires auraient préféré la rebaptiser *Raileo* ou *Ferra Nova*, qui résonneraient mieux dans l'air philosophique du temps. Faute de mieux, la compagnie tente désormais de transformer son acronyme en nom de marque, en annonçant que « SNCF » (et non plus « la SNCF ») est heureuse de nous accueillir à bord de ses trains. Le lourd héritage de la « société nationale » impose toutefois quelques contorsions si bien qu'elle doit d'un côté se soumettre toujours davantage aux nouvelles normes de gestion, de l'autre entretenir auprès de la population française une apparence de mission pour offrir un moyen de transport supposément pratique, égalitaire, écologique et bon marché. C'est ainsi que la France, sur ce point comme sur beaucoup d'autres, est devenue le pays du mensonge : une nation qui proclame son attachement à l'Histoire, mais qui accepte concrètement de tout liquider.

Trains de marque, trains déclassés

À la fin des « trente glorieuses », en plein essor de la classe moyenne, la SNCF avait mis en service sur l'ensemble du réseau des *rapides* et des *express* dotés de spacieuses voitures Corail. La seconde classe y valait presque la première, dont le surcroît de confort demeurait accessible pour un coût raisonnable. On atteignait l'apogée de l'ancienne conception du « service » qu'un grand pays se devait de mettre à disposition de la population.

Au cours des trois décennies suivantes, en pleine mutation *néolibérale*, seuls les TGV à tarif déréglementé, circulant sur quelques lignes, ont bénéficié des attentions de l'entreprise. Celle-ci a vanté, non sans raisons, la réussite du modèle de grande vitesse, devenu l'unique vecteur de son développement. Mais les trains ordinaires qui continuaient à assurer la grande majorité des voyages sont tombés peu à peu dans la décrépitude. Était-ce un signe ? Partout, dans la société, se creusait à nouveau le fossé entre les plus riches et une classe moyenne progressivement appauvrie. Sur le rail, la même distance a semblé grandir entre une poignée de véhicules chics et chers et d'anciennes lignes abandonnées à leur triste sort, à moins d'être reprises en charge par les régions. Les citoyens qui bénéficiaient jusqu'alors du même service se sont vus soumis à l'intérêt variable de leurs élus locaux pour le transport ferroviaire.

Pour accompagner cette évolution, la Société nationale des chemins de fer a elle-même entrepris de se diviser en éventail de marques, telles autant d'entreprises distinctes répondant à des règles différentes et à des tarifications spécifiques. Chacune possède ses couleurs, son *design*, ses prestations à bord, ses capitaux partagés avec d'autres sociétés. La passion des sigles s'est emparée des voies ferrées où nous voyageons sur *Eurostar* pour l'Angleterre, sur *Thalys* pour l'Europe du Nord, sur *Lyria* pour la Suisse, et bientôt sur *Lisea* vers le sud-ouest. Certains spots publicitaires suggèrent même qu'une fraternité de consommateurs relierait les clients de la dispendieuse première du Thalys ou du Lyria, qui s'y retrouvent presque en famille, accueillis par le steward comme à bord d'une *business class* aérienne.

Sur les plus simples liaisons régionales, l'annonce de bord nous remercie d'avoir « choisi Intercités » ou « choisi TER » (Transport express régional), comme si le voyageur avait sélectionné volontairement un produit, quand il a simplement voulu prendre le train. J'avais été frappé déjà, quelques années plus tôt, par l'amorce de cette évolution aux PTT. Le mot banal de « poste », qui désignait le service du courrier, s'était soudain transformé en marque « La Poste », où le nom propre avec son article prenait la place du nom commun. Aujourd'hui, l'entité TER ne désigne plus un autorail, mais le « partenaire de vos voyages en région ». Façon de signifier que TER pourrait, dans un avenir proche, vous transporter en autocar, là où les lignes secondaires sont jugées déficientes… ce qu'elles sont de plus en plus, étant donné l'état d'abandon dans lequel on les a laissées depuis tant d'années, avant de constater que les investissements pour les remettre aux normes seraient trop lourds.

Sur ces petites lignes, en bas de l'échelle, s'impose désormais le « train déclassé », au nom qui en dit long sur l'estime que lui porte la compagnie. Ces véhicules sans première ni seconde appliquent une forme stricte d'égalité où certains pourraient voir un triomphe de la justice sociale. Sauf que la notion de *déclassement* ne traduit en rien une quête d'égalité, mais découle de la suppression des services habituels. Il est notamment impossible de réserver un siège dans ces véhicules, ce qui permet à l'entreprise d'accomplir quelques économies en supprimant les activités de comptabilisation et d'étiquetage des places. Pis encore : sur certaines lignes, les trains déclassés ne sont que de très vieilles rames, extraordinairement vétustes, où l'on peut s'asseoir en première avec un billet de seconde, mais où l'on voyage dans des conditions de survie. En somme, le train déclassé accomplit l'abolition des classes par le bas.

Pendant plusieurs années, entre Nancy et Saint-Dié, j'ai emprunté l'un de ces autorails extraordinairement sales, couvert de suie et de poussière grasse sous laquelle on devinait la vieille peinture rouge et or. À l'intérieur des voitures abandonnées, les anciens compartiments de première et de seconde classe alignaient tous les mêmes banquettes de moleskine déchirée ou lacérée. Le déclassement administratif semblait appeler le vandalisme, comme les animaux malades attirent les hyènes et les vautours. Les vitres voilées, pas lavées depuis très longtemps, obscurcissaient encore le paysage désolé de la plaine industrielle ; quant aux toilettes, elles étaient pour la plupart condamnées d'un wagon à l'autre. Dans ce véhicule s'entassait la population des banlieues de Nancy ou de Lunéville : ouvriers, lycéens, filles voilées en baskets l'oreille sur leur téléphone, femmes un brin démodées qui rappelaient la France des années 1950… Sauf qu'on éprouvait plutôt le sentiment d'être à la fin du monde dans ce fourgon poisseux d'un prolétariat à la dérive, sur cette branche morte de l'ancien secteur public qui avait des affaires plus urgentes à régler et pouvait bien laisser cette ligne-là prendre encore et toujours du retard.

La véritable misère du « train déclassé » tient moins dans la fusion des première et seconde classes que dans le sentiment très net que certains voyageurs relèvent effectivement de catégories sociales « déclassées » par la compagnie : passagers à faible plus-value des anciennes régions industrielles où le chemin de fer est resté le principal moyen de déplacement ; habitués des lignes secondaires empruntant l'autorail pour aller à l'école, à l'usine, ou pour rentrer chez eux. En vertu de décisions prises par une poignée de fonctionnaires jouant les chefs d'entreprise, le service public s'est ainsi transformé en machine à plusieurs vitesses : l'une vieillotte et moribonde (cette classe inférieure généralisée, où une masse informe de population tente de s'en sortir, malgré l'abandon des responsables) ; l'autre moderne, rapide, chère, efficace (cette classe supérieure toujours plus accueillante pour la poignée d'élus qui peut en profiter par ses moyens financiers et sa situation géographique).

Au fil des ans, mon vieil autorail s'est encore détérioré, jusqu'à se voir entièrement recouvert de tags que la SNCF a renoncé à nettoyer. Lorsque je grimpais, à Nancy ou à Saint-Dié, j'éprouvais une espèce de gêne, comme si je commettais une faute en empruntant ce train ; puis je ressentais un malaise croissant tandis que la rame se mettait en route – le plus souvent en retard, à cause d'une locomotive défectueuse. Nous longions les entrepôts abandonnés des anciens services de fret, les voies de garage recouvertes par la végétation, et je me rappelais l'extraordinaire essor des chemins de fer, de la révolution industrielle jusqu'au milieu du XXe siècle… Puis je songeais à ce long déclin qui suivit la chute de l'Empire romain. Assistais-je, moi l'enfant des « trente glorieuses », à l'effondrement de tout ce que j'avais connu ? Sur certaines lignes régionales, un marchand ambulant, indien ou pakistanais – plein de bonne volonté, quoique parlant à peine français – passait avec un chariot de nourriture plus ou moins fraîche ; et cette restauration brinquebalante, proposée par un sous-traitant pour compenser l'abandon de la SNCF, renforçait l'impression de rouler dans un véhicule du tiers-monde. Ce chariot, poussé par un immigré sous-payé, avait cependant quelque chose de rassurant ; comme si le temps de la débrouillardise avait commencé pour les anciens usagers du service public endetté jusqu'au cou par des projets urgents de vitesse, de développement, d'avenir.

Une autre fois, j'ai vu des contrôleurs s'efforcer de rassurer les passagers après qu'un train déclassé se fut immobilisé en pleine campagne, sans le moindre secours à l'horizon. Alors même que cette rame avait délaissé toutes les normes de propreté, d'entretien ou de confort, ces deux fonctionnaires à casquette – un homme et une femme – couraient d'une voiture à l'autre, s'entretenaient avec le mécanicien, distribuaient des bouteilles d'eau, s'efforçaient de délivrer des informations précises. Épaulés par quelques voyageurs, ils tâchaient de maintenir une forme de dignité dans des conditions précaires – et l'on aurait dit que ces deux contrôleurs tenaient sous leur protection personnelle cette rame, ces passagers négligés par la SNCF, et assuraient à eux seuls la pérennité du « service public ».

Points fidélité

Dans le monde des services, l'usager paye ce qu'il doit selon une grille de tarifs transparente et universelle. Dans le monde de l'entreprise branchée et de la communication, le commerce se veut ludique ; les prix devenus incompréhensibles s'accompagnent de cadeaux et de récompenses. L'entreprise ferroviaire, comme les banques ou les compagnies aériennes, produit sans relâche des points fidélité.

Ceux de la SNCF furent un temps baptisés *smiles*. Pourquoi en anglais ? Pourquoi des *miles* sur les lignes de train européennes qui se comptent en kilomètres ? Ici comme ailleurs, l'adoption des standards américains du transport aérien parle d'elle-même. Cet intéressant programme permettait, quoi qu'il en soit, d'obtenir des réductions dans les hôtels ou dans les hypermarchés ; il alignait son catalogue d'ustensiles de cuisine, de réveils électroniques ou d'abonnements à des magazines en faillite, mais il rendait plus mystérieuse encore la valeur d'un billet. La plupart des passagers, d'ailleurs, n'en faisaient pas usage, tant cela exigerait de temps pour gérer, sur Internet, un de ces comptes client, accessibles par un code secret, ajouté à tous les codes qui envahissent notre existence.

Il arrive toutefois que les choses s'améliorent, et le programme *smiles* s'est vu abandonné au profit d'un système plus raisonnablement tourné vers le transport ferroviaire. La « carte grand voyageur » permet de cumuler les points fidélité pour obtenir des voyages à prix réduit ; on peut même l'utiliser pour monter à bord sans billet, ou pour éviter aux guichets certaines files d'attente. Ces avantages s'ajoutent à certaines réductions héritées de l'ancien service public qui permettent encore aux jeunes, aux vieux, aux familles nombreuses de voyager à moindre coût. Devant la farandole d'options et de tarifs, il importe toutefois de savoir déchiffrer les « conditions particulières » qui sous-tendent chaque opération ; et de bien relever, sur certains billets, la mention discrète qui précise : « sans place garantie » ou « en surréservation ». Car à la moindre erreur, au moindre *déraillement* de notre attention, le temps des cadeaux fait place à celui des sanctions, froidement appliquées, comme cela se produisit durant l'été 2014 pour un couple de voyageurs sur la ligne de TGV reliant Aix-en-Provence à Paris.

Rapportant cette anecdote, *Le Monde* du 12 septembre 2014 nous informe que Denis et

Blandine Boisnard, après avoir acheté leur billet Aix-en-Provence-Paris, ont préféré grimper dans le train à Avignon, où ils se trouvaient ce jour-là. Ils pensaient y retrouver leurs places réservées et payées sur la totalité de l'itinéraire. Mais, alors qu'ils s'apprêtaient à embarquer en gare d'Avignon-TGV, un contrôleur, sur le quai, les a priés d'acquitter chacun une amende de trente-cinq euros. De fait, les « conditions générales de vente » stipulaient l'interdiction de monter ou de descendre à une gare non indiquée sur le billet... même pour effectuer un trajet plus court. Devant l'étonnement du couple, un « superviseur » est intervenu pour confirmer la sanction, justifiée par la pratique du *surbooking*, désormais courante dans les TGV. Tous les moyens sont bons pour gagner de l'argent, y compris piéger le voyageur inattentif.

Sur son site de vente, voyages-sncf.com, la SNCF ne se présente plus comme un service de chemins de fer, mais comme une agence vendant des « offres de voyage » par train, avion ou bateau, assorties chaque fois de conditions spécifiques. Après s'être alignée sur le modèle aéricn (avec ses billets *low cost,* ses gares en pleine campagne, ses frais et ses taxes), après avoir tout misé sur la grande vitesse au détriment d'une majorité d'usagers des lignes régionales, après avoir développé des filiales de transport par camion et par autobus (moins coûteux et plus rentable que le train), après avoir développé ses programmes immobiliers et laissé entrevoir sa nature de *holding* financière, la compagnie s'applique sans fléchir à remodeler l'archaïque « service public » sur le modèle d'entreprise privée qui tient lieu d'unique projet collectif au sein de l'Union européenne.

3

Buffets, consignes et wagons-lits

On peut regretter les trains d'autrefois, faire l'éloge paradoxal de la lenteur, verser une larme sur les passages à niveau, se rappeler le sifflet des chefs de gare, leur casquette étoilée, les photos en noir et blanc qui ornaient les compartiments : le pont du Gard, les gorges du Verdon. On peut regretter même ce chauffage impossible à régler, ces voisins qui vous faisaient face en mangeant un œuf dur, un sandwich au pâté et une banane puante, ces toilettes encrassées au fond desquelles on voyait filer la voie ferrée, ces wagons-restaurants où il fallait attendre pour être servi et payer trop cher un plat douteux... Même lorsqu'on est irrésistiblement nostalgique, il faut admettre que la possibilité de rentrer de Nantes à Paris en deux heures cinq exactement, confortablement assis dans une première classe de TGV, fort d'un billet déniché sur Internet à prix réduit, avec une prise de courant pour brancher son ordinateur, un fauteuil inclinable pour faire la sieste, et le merveilleux paysage des bords de Loire qui défile, à l'extérieur de cette voiture silencieuse – tout cela, oui, admettons-le, marque indéniablement une forme de progrès, dans laquelle ce que nous avons gagné vaut bien ce que nous avons perdu.

Voilà du moins ce que je me dis, parfois, en ces moments où j'ai l'impression de jouir pleinement de ma condition d'homme moderne. Il est même un instant, dans ce genre d'itinéraire, où j'ai l'impression de composer une fraternité avec mes compagnons de cabine, informaticiens cravatés et femmes d'affaires en jupe sexy lancés dans des discussions financières. Ne sommes-nous pas les « gagnants » de la société, ceux qui par leurs talents, leur mérite, leur chance aussi (encore faut-il savoir la saisir…) empruntent cette *business class* ferroviaire qui leur permet d'être présents à une réunion en province, puis de retrouver le soir, à Paris, l'agrément d'un appartement des beaux quartiers, d'un écran HD et d'une famille aimante ?

Ce bonheur furtif, ce sentiment de sécurité s'effondre brusquement, une heure plus tard, au moment où, tenaillé par une petite faim, je me dirige vers la voiture-bar située en voiture 14, comme l'a indiqué la bruyante annonce du steward invitant à découvrir son « panier de viennoiseries », son « buffet chaud » et son « buffet froid ». Tout en remontant l'allée centrale, je regrette que ce train n'offre pas l'option de « restauration à la place » qui aurait souligné, mieux encore, mon statut de voyageur privilégié. Mais, soudain, comme je termine la traversée de la voiture 13, mon regard croise celui d'autres passagers qui reviennent en sens inverse, l'air dépité. Sceptique, j'avance encore, avant de m'immobiliser derrière une longue file d'attente dans l'étroit couloir qui accède au local de restauration.

Devant moi, les cadres supérieurs, patients et disciplinés, font le pied de grue comme des Polonais au temps du communisme. Combien sont-ils à attendre leur tour ? Combien, entre moi et l'unique serveur chargé de vendre, de faire réchauffer, d'encaisser lentement, trop lentement, les cartes de crédit ? Debout en rang d'oignons, tous ces hommes et ces femmes puissants qui ont payé leur billet très cher prennent leur mal en patience, comme au supermarché ou aux remontées mécaniques, pour avoir le droit d'acheter une salade insipide, des pâtes réchauffées au micro-ondes et une boisson comprise dans le menu. Chaque jour, à l'heure des repas, le service est saturé et la clientèle, serrée dans la coursive, échange des regards blasés tandis que le train file et qu'un minuscule hublot permet d'entrevoir le paysage. Cela peut durer quinze minutes, vingt minutes. Le rêve sucré-salé que nous avait promis le vendeur-serveur-encaisseur, employé par un sous-traitant de la SNCF, ne s'accomplit pas. Le festin de plats conditionnés « conçus par de grands chefs étoilés », promis par l'annonce, reste inaccessible. Dix personnes nous séparent et je replonge dans la nostalgie : celle de l'attente confortable des anciens wagons-restaurants où l'on ne mangeait peut-être pas mieux qu'aujourd'hui, où l'on n'attendait peut-être aussi longtemps, mais où du moins l'on patientait à sa table, en lisant le journal, tandis qu'un peu de personnel s'agitait autour de vous.

La nouvelle façon de compter

C'est un des paradoxes de l'évolution des trains. De « protocole de Kyoto » en « Grenelle de l'environnement », tous les hommes politiques prétendent encourager le transport ferroviaire. En investissant massivement dans les réseaux à grande vitesse, les compagnies européennes ont amélioré les liaisons entre les principales villes, et assuré le renouveau du rail comme moyen de transport moderne. Sauf que, dans le même temps, les opérateurs ont sacrifié la plupart des avantages qui – à l'exception de la vitesse – faisaient des chemins de fer un moyen de transport idéal. Les lignes secondaires et les gares de proximité ont pâti des milliards d'euros d'endettement liés au développement du TGV ; mais aussi la possibilité de se restaurer agréablement, celle de dormir dans une couchette ou un wagon-lit pour les longs itinéraires, celle d'utiliser les consignes ou de se détendre dans les buffets de gare – autant d'agréments sacrifiés sur l'autel du profit, de la réduction de personnel et de la rentabilisation de l'espace.

Sur les rails comme ailleurs, cette évolution découle d'une nouvelle façon de compter. Selon les normes qui prévalaient dans l'Europe d'après-guerre, inspirée par le New Deal et fondée sur l'État social, la rentabilité d'une entreprise publique – et même privée – s'appréhendait globalement. Autrement dit, une compagnie de chemins de fer, un hôtel, une maison de disques proposaient un ensemble de produits ou de prestations, parmi lesquels certains rapportaient de l'argent, d'autres en coûtaient, cet équilibre garantissant une offre rentable et de qualité. Or, depuis les années 1980, les champions de l'*audit* et de la *fusion-acquisition*, ont mis en avant des préoccupations radicalement différentes. La « comptabilité analytique » a exercé partout ses ravages, imposant au sein de chaque entreprise, et même des services publics gérés comme des entreprises, une logique de rentabilité selon laquelle *chaque* segment, *chaque* service, *chaque* produit doit être intégralement rentable, et améliorer sans fin sa marge de profit.

Une des façons d'assurer cette rentabilité intégrale consiste à sous-traiter chaque prestation – la restauration à un groupe belge ou italien, le nettoyage à une entreprise spécialisée –, en laissant au sous-traitant la responsabilité des contrats précaires et des rémunérations du personnel toujours revues à la baisse. Ces impératifs d'économies finissent toutefois par affecter la qualité du service, y compris à bord de certains TGV dans lesquels on préférerait grimper avec des gants. Le nettoyage régulier des wagons immobiliserait les trains qui circulent sans répit ; quant à l'entretien des voitures entre deux départs, il fait appel à des travailleurs sous-payés contraints d'agir dans un temps record sur lequel on voudrait grappiller encore un peu de marge. Les lignes rapides bénéficient d'un traitement de faveur. Au contraire, les vieux convois sont les plus crasseux, les plus délaissés, les plus tagués. Leur piteuse allure semble nous signifier – si nous ne l'avions pas compris – que les compagnies ferroviaires n'ont plus les moyens, ni la volonté d'entretenir cette flotte secondaire, bien qu'elle représente toujours, pour les utilisateurs, l'essentiel des liaisons nécessaires à la vie quotidienne.

La compression du personnel, jusqu'à un seuil proche de zéro, représente l'idéal du capitalisme financier qui, sous prétexte de convivialité, invite sa clientèle à mettre la main à la pâte. Depuis des années, le passager s'est habitué à tout faire lui-même, à commencer par l'héroïque combat avec les automates ou la recherche des meilleures offres (qui lui donne l'impression d'être indépendant, mais qui le conduit à accomplir *lui-même* le travail du vendeur, avant d'imprimer son billet, avec son encre et son papier). Cette même tendance avait inspiré, voilà quelques années, une expérimentation originale sur certains TGV où les poubelles individuelles s'étaient vues remplacées par des sachets distribués aux passagers. Ceux-ci étaient invités à y jeter, pendant le voyage, leurs déchets biodégradables, avant de balancer le sac dans un récipient spécial en sortant du train. La « protection de la planète » était invoquée dans cette innovation qui aurait pu réduire sensiblement la facture de nettoyage. La clientèle ne montra sans doute pas un enthousiasme suffisant.

Cette invasion de la sous-traitance, cette séparation des comptes au sein même de l'entreprise engendrent des absurdités comme la guerre des tarifs que se sont livrés, pendant des années, Réseau ferré de France (gestionnaire des lignes) et la SNCF (qui les utilise), deux bras complémentaires de l'État artificiellement séparés pour complaire à l'Union européenne, avant d'être recollés en catastrophe. Qualifiée par les experts de « bonne gouvernance », cette facturation du moindre geste affecte les conditions de vie du personnel, sans toutefois rétablir l'équilibre financier qui continue à se dérober. Car le fait même de penser un « service » comme une addition d'actes onéreux conduit à les comptabiliser comme autant de déficits qu'il faut réduire… au détriment du service lui-même. Pressée de récolter des devises, la compagnie en vient à faire primer le « potentiel mondial » de ses produits, et l'exportation de son savoir-faire, sur la qualité des prestations offertes au contribuable qui, pourtant, justifient le financement public du train.

Cette détérioration est particulièrement sensible au wagon-restaurant où le malheureux employé – sous son gilet créé par un styliste branché – doit prendre la commande, sortir les plats, les faire réchauffer, les emballer, tel une espèce d'homme-orchestre, impuissant malgré tout face aux lenteurs de la carte bancaire. D'où l'allongement de la file d'attente qui représente moins un échec qu'un progrès de l'idéal de rentabilité représenté par une économie en *flux tendu*. Ainsi, pendant tout le voyage, les uns passent leur temps à commander à la queue leu leu, tandis que le steward passe son temps à encaisser.

Après avoir changé plusieurs fois de sous-traitant, la SNCF s'est toutefois avisée que la restauration à bord du TGV coûtait encore trop cher, et il est devenu courant d'apprendre que la voiture-bar est « exceptionnellement fermée ». La compagnie envisage aujourd'hui une nouvelle option consistant à inclure un repas dans le prix du billet de première classe. Comme dans les avions. Le fait d'imposer au client la restauration à la place présenterait plusieurs avantages : il permettrait de supprimer définitivement la voiture-bar qui prend trop de place et obère la rentabilité du train. La possibilité de boire et de se nourrir se verrait réservée à la clientèle d'affaires qui paye ses billets sans compter ; et le plateau-repas, fourni par un traiteur industriel, permettrait d'améliorer les marges.

Le buffet de la gare de l'Est

Les buffets de gare ont longtemps conservé l'allure de grandes brasseries offrant au voyageur un accueil permanent et un décor chaleureux inspiré du pittoresque régional. Tout n'était pas parfait dans ces restaurants à la cuisine sommaire et au service expéditif. Du moins proposaient-ils encore un service et une cuisine dont il n'est plus guère question depuis que les gares se sont vues livrées aux marques commerciales de fast-food, entraînant une détérioration supplémentaire des conditions du voyage.

Prenons, sans placer la barre trop haut, l'exemple du buffet de la gare de l'Est où je me suis souvent attablé, enfant, avec mon cousin, juste avant de prendre le train pour les Vosges. Arrivés de Normandie, nous venions de traverser Paris, mais il nous restait le temps de commander une saucisse-frites accordée à nos moyens, tandis que les serveurs en tablier blanc faisaient passer sous nos yeux de grands plateaux de choucroute fumante. Il suffisait de s'asseoir, avec nos valises, pour être servis dans l'instant ; et les toilettes assez convenables étaient tenues par une dame impassible devant son assiette de monnaie, juste assez vigilante pour rappeler aux utilisateurs de ne pas oublier le « service » ! À côté du buffet ordinaire, de ses boiseries, de ses miroirs et de ses banquettes, une salle de restaurant plus soignée proposait les meilleurs produits d'Alsace. Le voyage commençait là.

Dans les premières années du XXIe siècle, ce buffet fut entièrement détruit, comme la plus grande partie de la gare de l'Est, remodelée pour accueillir des points de vente de vêtements, de téléphonie ou de parfumerie. Rien n'a subsisté de l'ancien temple de la choucroute. La restauration s'est vue refoulée sur les quais, dans des stands de restauration rapide – *Brioche dorée*, *Pains à la ligne* – qui proposent des sandwichs à emporter ou à manger debout, sans confort. Pour sauver les apparences et maintenir une forme de restauration assise, les gestionnaires de la gare ont toutefois préservé un petit enclos couvert, confié – comme à Saint-Lazare – à la chaîne Starbucks Coffee. Voilà tout ce qui reste du buffet parisien sous la grande charpente de fer : une surface étriquée, sans service à table, où les places sont si rares qu'il les faut les repérer, s'y précipiter, puis les surveiller tout en faisant la queue au comptoir. On y mange à l'américaine des salades sous plastique. On y prend ses boissons dans les armoires frigorifiques ; et il faut donner son prénom pour commander un café, avant de se voir appelé bruyamment par une employée qui, elle-même, s'appelle Sabrina et nous remercie. Ce n'est pas un bistrot, c'est un réfectoire bas de gamme où les tables sont rarement nettoyées, sauf par la clientèle elle-même. La notion d'« Est » a disparu avec la choucroute. Le non-voyage commence ici.

Pour ces travaux de rénovation, la gare de l'Est a obtenu, en 2008, un *Brunel Award*, et l'on ne s'étonne pas qu'un tel prix, venu du Royaume-Uni, couronne l'effort des Français pour se mettre à la page. L'administration des chemins de fer aura toutefois échoué à faire supprimer du hall des départs, comme elle en avait visiblement l'intention, la fresque monumentale représentant *Le Départ des poilus, août 1914* – tableau offert en 1926 par le peintre américain Albert Herter, en souvenir de son fils « mort devant l'ennemi », près de Château-Thierry. On y voit les soldats grimper dans le train et embrasser leurs fiancées, la fleur au fusil. Ce tableau historique, décroché pendant les travaux, n'était pas revenu à la fin du chantier ; et ceux qui voyaient son emplacement vide se sont demandé si cet oubli n'était pas volontaire, si cette évocation de la vieille histoire nationale n'avait pas semblé ringarde, voire indécente, au cœur d'une gare transformée en galerie marchande. Les protestations de plusieurs associations ont fini par contraindre l'administration à remettre en bonne place cette peinture d'un temps où l'Est et l'Ouest, le passé et le présent, ne revêtaient pas exactement la même signification.

D'autres buffets de gare ont connu des fortunes diverses. Le Train bleu de la gare de Lyon, conçu pour faire rêver les voyageurs du PLM (Paris-Lyon-Méditerranée), accueillait encore, voilà quelques décennies, les passagers sortis du train auto-couchette, invités à y déguster un petit déjeuner. Les croissants chauds, inclus dans le prix du billet, nous attendaient sous ces fresques somptueuses aux couleurs vives, représentant des montagnes fleuries et des villages méridionaux sans lotissements. Inauguré en 1901 par le président Loubet, classé monument historique en 1972, le Train bleu a miraculeusement survécu aux vagues de modernisation, mais il s'est transformé en grand restaurant, abandonnant sa fonction initiale de buffet de gare et quittant le giron des chemins de fer pour celui du groupe *The Food Travel Experts*. À Saint-Lazare, après le remplacement du buffet par Starbucks Coffee, un restaurant gastronomique a ouvert ses portes au niveau intermédiaire du centre commercial, et s'efforce de faire revivre le souvenir d'un monde perdu. Dans ce « lieu de vie », nous dit le prospectus, tout est « rythmé par un jeu de matières chaudes », et le chef s'évertue à nous offrir « une cuisine familiale, authentique et généreuse », le tout « dans une ambiance conviviale » qui nous « invite à un retour aux sources, un retour à l'essentiel ».

D'autres buffets, plus modestes, ont souffert davantage. La plupart se sont transformés en self-services, et leurs heures d'ouverture se sont réduites comme une peau de chagrin. À Nancy, où nous changions de train avec mon cousin, il faut se contenter d'un sandwich. Quant au buffet de la gare de Saint-Dié où nous arrivions pour les vacances, il a fermé depuis longtemps. C'est seulement en Belgique, entre Namur et Charleroi, que j'ai retrouvé, voilà quelques années, le décor vivant d'un buffet de gare ouvert sur les quais, avec son percolateur, son comptoir et ses rayons chargés de bouteilles.

Faute de mieux, beaucoup de villes ont conservé de jolis restaurants à proximité des gares. Mais cette expédition s'avère difficile pour le voyageur chargé de bagages depuis la suppression des consignes – autre conséquence fâcheuse de la rentabilisation du mètre carré et de la réduction du personnel. Je me rappelle ces entrepôts et leurs préposés en blouse grise qui prenaient en charge vos malles ou n'importe quel paquet. Je n'ai pas oublié non plus ces boîtes automatiques, où l'on pouvait déposer un colis pendant une heure, un jour, voire davantage, et qui ont nourri tant d'intrigues de films ou de romans policiers... Jusqu'à leur suppression provisoire, dans les années 1980, après l'utilisation de plusieurs consignes pour dissimuler des bombes meurtrières.

La puissance économique, d'une façon générale, se montre habile à s'emparer des circonstances pour transformer le monde à sa convenance. On a vu, à Paris, le groupe LVMH, détenteur des bâtiments de la Samaritaine, se réclamer d'une commission de sécurité pour procéder à la fermeture des grands magasins, idéalement situés en plein cœur de Paris. Les hauts responsables de l'entreprise de luxe, relayés par la mairie de Paris – dont l'adjoint à la culture était également « directeur stratégie » chez LVMH –, juraient alors leurs grands dieux que le magasin, après les travaux, reprendrait ses activités et *ne serait pas transformé en palace*. Les travaux ont traîné, le temps a passé, les mémoires se sont embrouillées, et l'on a appris que le grand magasin *serait transformé en palace*, comme l'avaient prédit les syndicats.

Dans les gares aussi le temps a passé, et la suppression provisoire des consignes automatiques est devenue définitive, comme celle de la consigne générale (et comme le remplacement, sur les trottoirs parisiens, des jolies poubelles en fer par d'horribles sacs en plastique). Tout cela était utile, pratique. Mais tout cela coûtait cher, rapportait peu, et occupait un espace qui peut rapporter davantage. Les consignes ont péri, sauf dans une poignée de gares, laissant ailleurs le voyageur aux abois. Il ne peut plus se séparer de son chargement, mais doit le traîner sur les trottoirs. Ne parlons même pas, dans ces conditions, d'accomplir une promenade, une visite au musée, ni de tout ce qui pouvait occuper agréablement une correspondance.

Une chambre sur les rails

La disparition des wagons-lits, dans les premières années du XXIe siècle, aura marqué, plus symboliquement encore, la mort d'un certain voyage et de sa magie particulière, telle une lente dérive dans l'espace et dans le temps. Invitant les passagers à glisser voluptueusement d'un point à l'autre du territoire, le wagon-lit demeurait l'ultime rejeton – modeste et abâtardi – des luxueux trains d'autrefois avec leurs lambris, leurs salles à manger rutilantes, leurs lits profonds, leurs tables de nuit, leurs cabinets de toilette. Le confort Pullman (du nom de l'ingénieur américain qui en fut le champion) n'était certes pas rigoureusement démocratique. Il visait une population aisée, quand les autres s'entassaient en seconde ou en troisième classe. Mais la vie vaudrait-elle la peine d'être vécue sans une certaine dose de féerie ? « Prête-moi ton grand bruit, ta grande allure si douce, ton glissement nocturne à travers l'Europe illuminée, ô train de luxe… » écrivait Valery Larbaud.

Nous sommes nombreux à rêver encore de ces longues rames qui, chaque soir, s'alignaient sur les quais de la gare de l'Est ou de la gare de Lyon. Les chromes et dorures semblaient lustrés à la peau de chamois sur les voitures bleues de la Compagnie internationale des wagons-lits. À l'heure de l'embarquement, un maître d'hôtel accueillait les passagers et vérifiait leur billet pour ne pas les importuner durant la nuit. Le voyageur solitaire emménageait alors dans son compartiment « T1 » et, parfois, s'attablait pour prendre quelques notes en fumant une cigarette, tandis que défilaient devant lui toutes les gares de France et leur activité nocturne. Ces petites chambres privées favorisaient la lecture ou la rêverie – voire la volupté dans les doubles lits chers aux amoureux en voyage de noces. Au petit matin, le jour se levait sur la Côte d'Azur où le convoi, sans fatigue, continuait à filer le long de la mer, entre les calanques et l'Esterel.

Le wagon-lit résumait, dans sa version sophistiquée, la supériorité du train sur toutes les autres formes de voyages terrestres. Sa régularité, son confort, ses pièces intimes et ses salons, son glissement à flanc de montagnes et son débarquement glorieux dans les villes offraient autant d'avantages impensables en voiture ou en autocar. Pourtant, ce plaisir coûteux, mais pas hors de prix, a cessé de correspondre, lui aussi, aux critères de gestion des compagnies de chemins de fer, pressées d'entasser le maximum de passagers dans chaque voiture pour les déplacer rapidement d'un point à l'autre, sans aucun service en contrepartie. Dans ce monde-là, un hôtel sur rails n'avait aucune raison de subsister. La SNCF s'est donc appliquée à fermer, l'une après l'autre, ces liaisons qui permettaient de se coucher à Paris pour prendre son petit déjeuner à Briançon ou à Monte-Carlo.

Sur certaines destinations lointaines, pas encore desservies par la grande vitesse, la compagnie a maintenu provisoirement quelques voitures-couchettes. Il faut alors partager sa nuit avec des inconnus dans des conditions de confort très inférieures à celles des wagons-lits ; mais une option payante permet éventuellement de « privatiser » un compartiment. On sent bien, toutefois, que ces anciennes voitures Corail, reconverties sous le nom de marque Lunéa, n'intéressent guère la SNCF. Les voitures sont sales, les vitres recouvertes d'une croûte jaunâtre ; les cabinets de toilette sont hors d'usage, et la fumée des cigarettes n'y est plus même autorisée pour chasser les mauvaises odeurs.

Si les dernières liaisons régulières par train de nuit semblent vouées à disparaître, l'idée de luxe ferroviaire n'est pas morte pour autant. Mais le voyage confortable s'est transformé en prestation dispendieuse à caractère touristique. Le wagon-lit et le wagon-restaurant renaissent pour distraire une clientèle haut de gamme, à des conditions prohibitives. La liaison régulière pour Venise a disparu, remplacée par un train rétro, certains jours et en saison. La nostalgie de l'Orient-Express inspire de clinquantes

« croisières du rail » dont quelques écrivains assurent la publicité dans des magazines, sous formes de reportages pittoresques, en échange d'un billet gratuit. Ainsi, tandis que les discours continuent à fleurir sur l'urgence du développement durable et les vertus des chemins de fer, le train de nuit est devenu un loisir pour riches ; mais il a perdu ce côté pratique et accessible et pratique qui permettait à une personne un peu aisée de se déplacer agréablement d'une ville à l'autre, en évitant les tracas du transport aérien.

4

Procédures de sécurité

Dans un monde suspendu à la menace des attentats, la « lutte contre le terrorisme » a envahi les halls de gare, ces lieux urbains par excellence faits pour déambuler, se croiser, se poser en attendant le train. Des morts du 11 Septembre à ceux de *Charlie Hebdo*, en passant par ceux des trains madrilènes en 2004, la même pression transforme chaque ville en citadelle assiégée. Justifiée ou non, l'obsession sécuritaire s'est imposée dans l'espace public, avec ses fouilles et ses plans Vigipirate. Après la suppression des consignes automatiques, où les assassins risquaient de planquer des bombes, sont apparus les bataillons de militaires en treillis, censés protéger la population d'une menace sourde et omniprésente. On éprouve une certaine compassion devant ces recrues aux joues roses, trop lourdement armées, qui semblent s'ennuyer à déambuler du matin au soir, sans croire plus que nous à l'efficacité de leurs rondes. Quant à l'effet psychologique induit par la présence des uniformes, il est pour le moins ambigu. Le sentiment de protection va de pair avec le regain d'inquiétude. La présence des uniformes entretient l'idée que le danger se niche partout, dans un monde menacé, fissuré, où la population – pour son bien – doit serrer les coudes et se soumettre aux contrôles imposés par les pouvoirs publics.

À l'intérieur même des trains, une règle entrée en vigueur depuis quelques années nous rappelle que « l'étiquetage des bagages est obligatoire afin qu'ils ne soient pas considérés comme des colis abandonnés ». Le personnel de bord nous invite à lui signaler tout objet suspect : aimable façon de désigner le moindre sac en toile comme un potentiel colis explosif, justifiant l'évacuation urgente de la rame et l'ajournement du départ. Mais cette insistance de la SNCF sur l'étiquetage de nos valises constitue peut-être une discrète préparation à d'autres évolutions. Un brin complotiste, peut-être, je ne puis m'empêcher d'imaginer que les difficultés financières de la compagnie la conduiront, un de ces jours, à décréter que seul le premier bagage est gratuit, comme dans les vols *low cost*, et qu'il convient de s'acquitter d'une taxe pour toute valise supplémentaire.

Ce n'est là toutefois que l'une des consignes dont la liste, délivrée avant le départ du train, n'a cessé de s'alourdir. Car au moment même où le passager a enfin trouvé sa place numérotée, puis rangé sa valise dûment étiquetée, dès qu'il a ôté sa veste et rejoint son siège, à cet instant précis où il ferme enfin les yeux pour se relaxer… retentit un violent « Bonjour » dans le haut-parleur. Ainsi commence la litanie d'ordres et d'informations qui, de plus en plus, rappelle la petite leçon de sauvetage délivrée à bord des avions.

Le contrôleur se présente d'emblée comme notre « chef de bord » et nous indique son prénom dont, à la vérité, on se fiche un peu, car on se voit mal l'appeler familièrement « Robert » ou « Kevin » quand il viendra vérifier notre billet. Il nous remercie « d'avoir choisi TER région Lorraine et Alsace », avant d'énumérer les villes de destination. Il nous rappelle que TGV est « membre de l'alliance *Railteam* », au nom pompé sur l'aérien *Skyteam*, ce qui ne nous apporte rien non plus. Puis, sur un ton précipité, souvent mal articulé, voire incompréhensible, il décline diverses recommandations et interdictions conçues pour nous protéger, comme l'obligation de composter son billet, l'interdiction de téléphoner sauf depuis les plates-formes, l'interdiction de descendre du train en pleine voie ; et, pour ceux qui n'auraient pas compris, il ajoute que « la descente du train s'effectue à quai et à l'arrêt » et nous prie de bien vérifier « la distance entre le marchepied et le quai ». L'interdiction de fumer, pourtant bien entrée dans les esprits, fait l'objet d'une insistance particulière (« il est interdit de fumer dans les trains et dans les toilettes ») et s'est étendue aux quais de gare, où le fumeur était encore toléré. La SNCF a même arbitrairement décidé d'interdire le « vapotage », bien qu'il ne dérange personne, et s'attribue ainsi une mission de ligue de vertu et de santé publique.

Une autre mesure de sécurité, mise en application plus récemment dans les gares, interdit de grimper à bord « moins de deux minutes avant l'heure du départ ». Des signaux lumineux à l'entrée des quais et des agents un brin agressifs vous empêchent désormais d'avancer vers cette rame qui semblait vous attendre, portières ouvertes… Passons sur la dimension antipoétique de cette contrainte et rappelons-nous toutes ces images de cinéma où l'on voyait un jeune homme sauter au dernier moment sur le marchepied du convoi en mouvement – échappant à une menace mortelle, ou rejoignant *in extremis* la femme de sa vie… De telles scènes seront éradiquées de notre imaginaire. Mais cet interdit, ajouté aux autres pour éviter au passager un hypothétique accident, vise surtout, en réalité, à *protéger la SNCF*, obsédée comme toutes les administrations, entreprises, collectivités publiques, par la crainte qu'un imprudent, après s'être cassé la gueule, ne convoque un bataillon d'avocats.

Quand nous étions simplement des « usagers », il paraissait impensable d'attaquer une compagnie d'État qui représentait la collectivité. Maintenant que le service public considère ses usagers comme des « clients », nous voici liés par des contrats et des clauses juridiques. Le passager tombé du marchepied au moment d'attraper le train (ce qui, au demeurant, n'arrivait à peu près jamais) peut se découvrir *victime* d'un défaut d'avertissement et réclamer force dommages et intérêts – tout comme la victime d'un accident automobile attaque son constructeur préféré, et le cancéreux du poumon sa marque de tabac favorite.

Lorsque s'achève enfin la prose du contrôleur, le passager peut à nouveau fermer l'œil et s'assoupir. Mais, presque aussitôt, le steward s'empare de ce micro qui crachote pour indiquer, lui aussi, son prénom et celui de l'entreprise de restauration sous-traitante, avant de présenter sa « carte du jour ». Après quoi son annonce, comme la précédente, se voit parfois reprise à l'intention des passagers étrangers. Traditionnellement, l'allemand prévalait sur les lignes en direction de l'Allemagne, l'italien en direction de l'Italie. Peu à peu, l'anglais s'impose presque partout et deviendra nécessaire pour prendre le train comme pour prendre l'avion – dont presque tous les billets sont d'ores et déjà imprimés en anglais, à charge pour les peuples inférieurs de s'y retrouver. C'est ce qu'on appelle l'harmonisation européenne : ce lissage des cultures strictement aligné sur les normes qui prévalent outre-Atlantique.

Embarquement à la gare du Nord

Chevaliers du capitalisme débridé et de l'ouverture des frontières économiques, nos voisins britanniques aiment néanmoins se protéger des flux humains à l'intérieur de leur propre territoire. C'est pourquoi ils ont poussé plus loin encore ce cortège de protections et de vérifications qui transforme les trains en avions et les gares en aéroports. Ils avaient déjà donné le ton commercial avec l'aménagement de la gare Saint-Pancras, ce vaste supermarché de luxe devenu le modèle des nouvelles gares européennes. Ils imposent également, sur les lignes qui traversent la Manche, un mode d'embarquement qui préfigure, plus que tout autre, le devenir aérien du transport ferroviaire.

Lors d'un déplacement à Londres en Eurostar, n'ayant pu fixer à l'avance mon jour de départ, j'ai dû m'acquitter de la somme de quatre cents euros pour un simple billet de seconde classe, en vertu de la loi de l'offre et de la demande, conçue pour sanctionner toute décision tardive et impérative par un prix exorbitant. De fait, mon voyage revenait quasiment au prix d'un billet d'avion en classe affaire, le seul avantage du train demeurant une économie de temps, liée à la possibilité de voyager de centre-ville à centre-ville. Il n'en fut rien cependant, car j'étais prié de me trouver sur place, gare du Nord, une heure avant le départ afin de procéder non seulement au contrôle des passeports, mais à l'*enregistrement* de mes bagages, puis au *contrôle de sécurité*, nécessaire pour accomplir ce simple parcours de quatre cents kilomètres. Autrement dit, j'ai dû vider mes poches, franchir un portail de contrôle, et me plier à ces exercices pénibles et humiliants qui me font fuir les aéroports et qu'on m'imposait, désormais, dans une gare parisienne.

Après avoir patienté dans une sorte de salle d'embarquement, j'ai fini par accéder à une voiture bondée, répondant à l'idéal de remplissage intégral visé par les systèmes modernes de réservation. Je ne nie pas que cet objectif réponde à une certaine logique économique, voire écologique. Mais celle-ci, en l'occurrence, imposait aux passagers de seconde classe une forme de compression qui m'aura contraint, pendant tout le voyage, à serrer les bras et les jambes pour ne pas heurter les coudes de mon voisin de gauche, ni les genoux de ma voisine de face (le TGV Atlantique s'est, lui aussi, fait une spécialité des « compartiments » exigus, censés favoriser la convivialité, quand on voudrait simplement étendre les jambes et se lever sans demander la permission à son voisin). Pendant ce temps, derrière mon siège, une épouvantable odeur de détergent émanait des toilettes encore neuves et déjà condamnées. Ce voyage rejoignait en tout point les conditions du « troupeau » imposées au passager d'avion en classe économique : il supposait la même dose de temps, d'argent, d'inconfort et d'obéissance.

Je me rappelle avoir été frappé, adolescent, par un livre à la mode du journaliste Michel Lancelot, qui expliquait comment la société européenne suivait alors, presque systématiquement, les évolutions de la société américaine, avec une ou deux décennies de décalage. Cette analyse vaut aujourd'hui pour l'évolution des transports. Car si le train a décliné depuis longtemps aux États-Unis, au profit de l'avion et des liaisons par autocar, et si l'Europe, du fait même de sa densité de population et d'urbanisation, a échappé à cette destruction du réseau ferré, relayé au bon moment par le TGV... celle-ci n'en reproduit pas moins le modèle américain en transformant les liaisons à grande vitesse en sociétés privées soumises aux normes du transport aérien, puis en affichant désormais cette nouvelle ambition : développer le transport routier en remplacement des petites lignes ferroviaires.

Dans ce domaine comme dans bien d'autres, le Royaume-Uni a été le fer de lance européen de la réforme, sous l'impulsion de Margaret Thatcher qui s'attaquait, dès 1985, au privilège de British Rail, tout en libéralisant la circulation des autocars. La France, enfermée dans ses « archaïsmes », a eu le bon goût de résister pendant trente ans... jusqu'à ce que le ministre des Finances, Emmanuel Macron, dans son plan de relance de l'économie, présenté à l'Assemblée nationale en février 2015, donne son feu vert à la libéralisation du transport par autocar, contrôlé par l'État depuis le décret-loi de 1934. Celui-ci, désormais, pourra concurrencer le train à moindre coût pour l'usager (ainsi, le train pourra continuer à augmenter ses tarifs). Cette mesure débouchera inéluctablement sur une nouvelle réduction du réseau secondaire, jugé trop peu rentable. Les partisans de cette évolution oublient toutefois d'énumérer les inconvénients du transport par autocar : pollution, embouteillages, inconfort du voyageur pour bouger et pour travailler, sinistrose des gares routières, qui rendent le rail tellement préférable. Loin de résister, la SNCF investit elle-même dans sa filiale *Idbus*. Malgré leurs grands discours sur le « réchauffement de la planète », les pouvoirs publics et les compagnies de chemins de fer s'encouragent ainsi mutuellement pour remplacer le train par un moyen de transport « plus souple et moins coûteux » qui permettra aux pauvres de voyager à bon marché.

Ralentissement de l'accélération

L'accumulation de procédures et la présence d'homme en armes n'indique en rien que les conditions objectives de sécurité se soient améliorées, bien au contraire. Voilà quelques années, lors de mes séjours à New York, j'étais frappé par la lenteur des convois ferroviaires qui entraient en ville : on les voyait partout arrêtés sur des ponts pour des durées imprévisibles, après quoi ils reprenaient très lentement leur progression vers Grand Central ou Penn Station. Cela semblait étrange à un usager des chemins de fer français comme moi, qui avais l'habitude de filer de Paris au Havre ou du Havre à Paris, ralentissant à peine dans les derniers kilomètres, doublant les trains de banlieue jusqu'à l'approche des quais de Saint-Lazare. Au dernier moment seulement, les trains de banlieue, mieux adaptés aux courtes distances, nous dépassaient à leur tour dans un distrayant jeu de balancier.

En ces années 1980, l'itinéraire Paris-Le Havre prenait 1 h 50. Vingt-cinq ans plus tard, il faut compter au minimum 2 h 15. Le pompeux lancement des horaires « cadencés » s'est traduit concrètement par une diminution des express directs, et l'obligation, dans certains cas, de prendre une correspondance à Rouen. Ce rallongement des liaisons découle également de la détérioration de la flotte, des pannes de locomotives, mais surtout de l'état calamiteux du réseau qui oblige à limiter la vitesse sur certains segments du trajet pour éviter le déraillement. Le point faible du train, au regard des urgences financières, est en effet d'exiger l'entretien de tout un maillage de voies, d'aiguillages et de gares, quand Airbus ou Boeing n'ont besoin que de broyer l'atmosphère. La logique de rentabilité maximale et immédiate s'accommode mal de telles nécessités qu'on s'efforce de comprimer autant que possible. Les investissements massifs sur la nouvelle flotte à grande vitesse, puis l'endettement qui a suivi, ont ainsi conduit la SNCF et son partenaire Réseau ferré de France à chercher partout des gains de rentabilité, y compris sur les équipes affectées à la maintenance du réseau.

L'entreprise en est ainsi venue à multiplier les ralentissements qui évitent de mettre en péril la vie du voyageur. Sur les liaisons « Intercités », le retard est devenu la règle. Même sur le réseau TGV, l'entrée poussive dans les gares s'est imposée, en quelques années, à Paris comme à New York. Quand une rame accomplit son trajet dans le temps prévu, il n'est pas rare qu'elle s'immobilise ensuite, et prenne cinq ou dix minutes de retard au moment de rejoindre le quai. La compagnie semble trop peu sûre de ses installations pour prendre le risque d'une arrivée rapide. De la vitesse hypermoderne, on passe soudain au temps de l'hésitation, du danger, de la prévention du risque. Après quoi il faut compter encore de longues minutes pour s'extirper de la voiture TGV, au couloir aussi étroit que celui d'un avion, puis déboucher sur le quai noir de monde où des voyageurs, en sens inverse, s'apprêtent à grimper dans le train voisin – autre avatar du flux tendu qui transforme le départ et l'arrivée des lignes rapides en fourmillement chaotique.

Depuis des années, les syndicats de cheminots alertent l'opinion publique sur la fragilité du réseau ; mais à leurs protestations répondent une certaine indifférence de l'administration, et même la colère d'une partie de l'opinion, outrée par les avantages de carrière et le permanent chantage qu'exerceraient les ouvriers pour maintenir des privilèges indus. Cette bataille de points de vue culmine à l'occasion des « mouvements sociaux », quand l'obstination des cheminots transforme en chemin de croix les déplacements quotidiens de certains usagers. L'accident du 12 juillet 2013 en gare de Brétigny-sur-Orge, causant sept morts et de nombreux blessés, aura malheureusement apporté la preuve que les alertes syndicales sur la réduction du personnel et des services étaient fondées. Un moment éludé par la « nécessité de l'enquête », les conclusions ont confirmé, un an plus tard, que le réseau, à Brétigny, souffrait d'un « état de délabrement jamais vu ailleurs », contre lequel les agents de la SNCF avaient pourtant alerté leur hiérarchie. Comme le précise encore le rapport des experts mandatés par le juge d'instruction : « Le processus ayant abouti à la désagrégation complète de l'assemblage s'est étalé sur plusieurs mois et a concerné l'ensemble de l'appareil de voie incriminé, sur lequel ont été relevées plus de deux cents anomalies de divers degrés de criticité. »

Faute de pouvoir procéder aux investissements nécessaires, sur fond d'endettement et de crise financière, la SNCF a donc opté pour la limitation de la vitesse à Brétigny, comme en maints autres points du réseau. La logique du « tout TGV », qui a presque ruiné la compagnie, rappelle d'ailleurs, par ses conséquences, une tendance plus générale de nos entreprises publiques, semi-privatisées, dont les patrons autoproclamés adorent lancer des projets grandioses et des investissements frénétiques plutôt que d'entretenir raisonnablement ce qui existe. On l'a vu récemment, dans un tout autre domaine, avec la construction d'établissements culturels ruineux – Philharmonie de Paris auditorium de Radio-France –, qui pompent les financements et mettent en péril la survie des institutions existantes. La concurrence du rail avec le transport aérien, symbolisée par le train à grande vitesse, s'est traduite elle aussi par la dégradation des conditions de circulation sur la majeure partie de ce réseau qu'on présentait encore, dans ma jeunesse, comme l'un des plus performants au monde.

5

À la recherche du train perdu

Il fait froid, ce soir, gare Saint-Lazare. Les dizaines de boutiques de marque installées sur les passerelles high-tech de l'ancienne salle des pas-perdus ont baissé leurs volets métalliques à cette heure tardive. Pas un bistrot, pas un comptoir pour accueillir les voyageurs en goguette et leur permettre de s'épancher auprès d'un serveur familier. Non, rien que la file d'attente du Burger King et ses barrières mobiles ; où, si l'on préfère, la file d'attente du Starbucks Coffee et son ambiance musicale américaine – celle qui nous accompagne depuis le plus jeune âge, de film en série TV, et qui nous donne partout l'impression d'être chez nous.

Dans la situation où je me trouve, il serait toutefois imprudent de faire la queue au Starbucks Coffee en attendant l'appel de mon prénom par la serveuse. L'affichage du train censé me conduire en Normandie peut survenir à tout instant, bien que nous l'attendions depuis plus d'une heure. Dès l'apparition du signal, chacun se précipitera, en tirant sa valise à roulettes, pour trouver une place libre avant les autres. Tous les passagers sont arrivés peu à peu et s'accumulent, dans le froid de novembre, sous les panneaux d'information. Quelques-uns s'agglutinent autour des agents de la SNCF dans l'espoir d'en savoir plus. Ils espèrent un mot, un signe, une lumière de ces fonctionnaires. À l'entrée de l'espace commercial, une affiche rappelle le slogan publicitaire de la compagnie : « À nous de vous faire préférer le train. »

Tandis que se dégradaient le réseau et le matériel des chemins de fer français, excepté sur le réseau à grande vitesse, la société nationale est devenue experte en procédures de secours, ou plus exactement en communication sur les procédures de secours. Le président Guillaume Pépy, se rend sur les lieux à chaque accident, tel un preux chevalier qui n'a pu empêcher la catastrophe, mais qui assume ses responsabilités ; les cellules d'assistance psychologiques sont partout sur le pied de guerre. Pour les cas moins graves, comme le nôtre, une équipe de secours baptisée « SNCF assistance » a déployé sur les quais son personnel affublé de gilets rouges, afin de répondre à la clientèle. Dans beaucoup d'entreprises, ce genre de tâche est affecté à des « emplois jeunes », sous-payés, pleins de bonne volonté et incapables de répondre à la moindre question. Ce soir, ce sont des cheminots vieillissants, prélevés sur les effectifs de la compagnie, tout aussi dévoués mais également dépassés, sous la casquette et le gilet qui permettent de les reconnaître. Signe de modernité, on leur a fourni une tablette informatique censée collecter des informations précises sur ce dysfonctionnement et les solutions mises en œuvre. Sauf que la tablette n'a aucune information à nous délivrer et qu'ils se contentent de hocher la tête, vraiment désolés que les choses se déroulent ainsi, pour des raisons qui les dépassent mais qui relèvent plutôt de la stratégie de l'entreprise.

De fait, quand je suis arrivé pour prendre mon train (« plus de deux minutes avant le départ », conformément à la consigne), tout semblait normal, sauf que le numéro de voie n'était pas encore affiché. Comme l'heure du départ approchait et que l'indication n'apparaissait toujours pas, nous avons commencé à nous inquiéter ; puis l'heure prévue est passée et le panneau électronique a enfin affiché un « retard estimé » de dix minutes. Nous avons alors éprouvé un instant de soulagement. Mais dix minutes encore se sont écoulées avant que le panneau n'indique un retard de vingt minutes, et toujours pas de numéro de quai. Ainsi de suite. Au bout de trente minutes, le panneau a marqué trente minutes ; et après quarante minutes, il a marqué quarante minutes. En somme, le système d'affichage se contentait, comme nous, d'observer les événements dont il semblait prendre note, au fur et à mesure. Sauf que nous commencions à nous impatienter et à « nous les geler », comme on dit familièrement, sous cette vieille charpente en fer. Au bout d'un moment, comme les autres, je me suis dirigé vers un des agents de « SNCF assistance », afin de savoir s'il disposait d'informations plus précises. Il s'est contenté de hocher la tête, désolé de ne pouvoir m'éclairer sur l'heure réelle du départ. Tout juste vient-il, d'apprendre que la mise en place de la rame, « aux Batignolles », ne fonctionne pas comme prévu.

Aux Batignolles s'étendaient, autrefois, les grandes zones de maintenance de la SNCF, avec leurs ateliers, leurs centres de nettoyage, leurs aires de garage, leurs aiguillages permettant de relier les différentes gares parisiennes. Depuis quelques années, la majeure partie de ces terrains a été mise en vente. Partout en France, les services de la SNCF, comme ceux d'autres entreprises, ont été regroupés dans des centres moins nombreux et plus éloignés. La plupart des gares de triage ont fermé. Dans ce qu'il reste des Batignolles, je suppose qu'ils se débrouillent comme ils peuvent, avec les moyens du bord. J'ignore si notre problème, ce soir, est en rapport avec cette évolution, mais l'agent rouge de « SNCF assistance » finit par ajouter que les cheminots qui s'activent là-bas, pour nous tirer du pétrin, ont apparemment une difficulté car « ils n'arrivent pas à accrocher la machine ». Autrement dit, la locomotive.

Va pour la machine. Je veux bien me satisfaire de cette explication qui en vaut une autre et confirme ce que nous savions déjà. C'est-à-dire que l'utilisation de la flotte jusqu'aux limites de ses possibilités, imposée par les normes actuelles de gestion, limite le nombre de locomotives disponibles en cas de dysfonctionnement. Pis encore, les machines insuffisamment renouvelées tombent régulièrement en panne. À quoi s'ajoutent diverses considérations économiques et administratives qui rendent presque impossible le remplacement instantané d'une motrice défectueuse. Je me rappelle cette nuit où notre train s'était immobilisé en gare de Bréauté-Beuzeville, en plein pays de Caux, visiblement à bout de souffle.

La décision de remplacer la locomotive – opération comptable facturée au sein même de l'entreprise – devait toutefois remonter à des autorités haut placées qui nous avaient laissé poireauter deux bonnes heures avant de nous accorder, comme une faveur, l'envoi d'une machine garée en région rouennaise et susceptible de nous dépanner. La seule chose qui avait correctement fonctionné, tout comme les gilets rouges et les déplacements du président Pépy, avait été la distribution de bouteilles d'eau, première des procédures de survie vers lesquelles la SNCF oriente de plus en plus son activité.

La ligne de Paris-Saint-Lazare au Havre, une des plus anciennes et des plus fréquentées du réseau, a subi, comme la plupart des liaisons régionales, une continuelle dégradation depuis le dernier âge d'or des années 1970-1980. Ces derniers temps, divers incidents m'ont systématiquement empêché de partir ou d'arriver ponctuellement, et je me suis rappelé la formule autrefois affichée dans les écoles et les entreprises : « Soyez à l'heure, comme les trains français. » Parfois, d'étranges imprévus semblent dédouaner la SNCF de ses responsabilités. Ce sont tantôt des « actes de malveillance » (l'autre jour, selon la rumeur, des banlieusards avaient balancé sur la voie, depuis un pont, un Caddie métallique de grand magasin) ; tantôt des circonstances à la fois tragiques et floues (« suite à un accident de voyageur en gare de Maisons-Laffitte, le départ est retardé pour une durée indéterminée »). Le résultat est toujours le même : on attend, on patiente, on ne sait pas, on arrive en retard ; personne n'est capable de nous éclairer.

De fait, une question plus précise se pose, ce soir, alors que les cheminots, visiblement ne parviennent toujours pas à « accrocher la machine ». Puisque d'autres convois patientent sur les quais, je me demande pourquoi l'une de ces rames, qui doivent rallier Caen et Cherbourg un peu plus tard, ne pourrait être dirigée vers Le Havre. Après quoi le train initialement destiné au Havre partirait en direction de Caen sans trop de retard. Ce plan me paraît simple, efficace, plein de bon sens, et je crois utile d'en faire part à l'un des superviseurs de « SNCF assistance » qui m'écoute patiemment, avant de m'expliquer que la gestion de l'entreprise ne le permettrait pas. Toute « nationale » qu'elle soit, la société des chemins de fer français dépend désormais des régions qui financent les liaisons jugées trop coûteuses entre les principales villes françaises. Leur participation de plusieurs milliards égale celle de l'État. La compagnie n'est plus une entité souveraine, mais une accumulation de budgets différentiés soumis au bon vouloir de chaque tutelle. En conséquence de quoi, il est impossible de faire rouler en Haute-Normandie un train financé par la Basse-Normandie qui porte, d'ailleurs, le logo de cette région. Les régulateurs du réseau ne sont pas habilités à prendre une telle décision. Il nous faudra donc attendre que les cheminots parviennent à accrocher la machine hors d'âge qui, avec un peu de chance, nous transportera sans péril à destination.

Le naufrage des grandes lignes

Beaucoup d'entre nous se rappellent encore les débuts du train Corail. Ce nom (qui n'était pas encore une « marque ») désignait une gamme de navettes modernes et confortables avec leur allée centrale, leur moquette, leurs fauteuils spacieux, leurs tablettes individuelles, leurs paires de rideaux intelligemment agencées qui permettaient à chacun de choisir entre l'ombre et la lumière. Les voyageurs plus âgés n'ont pas oublié davantage le Mistral ni les *Trans Europe Express* des années 1960, avec leurs wagons métallisés prometteurs de modernité, leurs hôtesses d'accueil alignées sur le quai, leurs grands bars fumeurs et leurs wagons-restaurants.

À la fin du XXe siècle, la Société nationale des chemins de fer, dans son ardeur à construire des lignes rapides à fort taux de rentabilité, semble avoir purement et simplement oublié de renouveler cette flotte de trains rapides – rebaptisée « Intercités ». Les liaisons confortables, entre cent cinquante et deux cents kilomètres-heure ont disparu du savoir-faire, exclusivement polarisé sur la grande vitesse. Du coup, les Corail continuent, vaille que vaille, à desservir la plupart des liaisons ; d'où le dépérissement de ces rames usées jusqu'à la corde, reconnaissables à leurs vitres rayées, leurs toilettes hors d'usage, leurs rideaux noircis, leurs tablettes et leurs poubelles arrachées.

La bonne conception de ces trains leur a permis de tenir longtemps. Certaines voitures ont subi, en Espagne, des cures de rafraîchissement et se sont vues affublées de noms de marque – *Teoz*, *Lunéa* – qui leur ont permis de rejoindre l'univers des tarifs variables et de la réservation obligatoire. Mais quand les voitures Corail ont commencé à manquer, la SNCF n'a pas hésité à mettre en circulation d'autres véhicules affublés du même label Intercités, en recourant aux plus grossières méthodes de bricolage et de mensonge sur la marchandise. Sur certaines lignes fréquentées, elle a même recyclé des trains de banlieue avec leurs voitures à étage. Pour leur donner l'apparence de trains de voyageurs, elle y a fait poser des coffres à bagages si exigus qu'il est impossible d'y caser une valise. Aucune porte ne sépare le compartiment de la plate-forme, ni des toilettes qui s'ouvrent directement sur les places assises. Et j'ai vu, plus d'une fois, des touristes étrangers, attirés par la vieille réputation de qualité des chemins de fer français, grimper avec effroi dans ces voitures de fortune, où ils étaient censés effectuer deux cents kilomètres pour aller visiter la côte normande.

Nous-mêmes, par notre éducation de jeunes européens modernes, nous étions persuadés d'avancer sans fin vers une forme de progrès. Or, un mouvement contraire se dessinait désormais sous nos yeux : comme si nous étions passés, en une génération, de la joie naïve en l'avenir au spectacle d'un monde en décomposition. À l'aube du XIXe siècle, les voies ferrées avaient vu le jour pour transporter le charbon ; puis quelques compagnies avaient imaginé d'entasser les passagers de troisième classe dans les bennes de marchandise, à l'air libre… avant que les pouvoirs publics ne leur imposent de fournir des conditions de confort décentes. À l'aube du XXIe siècle, sur beaucoup de grandes lignes, le voyage, de plus en plus lent, se déroulait dans une poubelle ambulante. Partout, le long des voies, s'effondraient les entrepôts délabrés du « fret ferroviaire » – théoriquement encouragé par les rapports officiels. Des progrès objectifs avaient été accomplis pour ceux qui utilisaient les trains ultramodernes jetés entre quelques grandes villes d'Europe et reliées par des *hubs* au sein de l'alliance *Railteam*. Mais partout ailleurs, dans l'ombre du progrès, cette société semblait renouer avec une forme antique de misère.

Le renouvellement de la flotte

Une solution est arrivée, sans se presser ; mais elle est arrivée, enfin, avec la livraison d'une nouvelle génération de rames pour les liaisons régionales. La commande de la SNCF a répondu aux principes de mise en concurrence et de recherche du moindre coût imposés par l'Union européenne. Depuis longtemps déjà, cette exigence avait balayé l'usage consistant à créer les trains comme une vitrine du savoir-faire national, sous la houlette des meilleurs ingénieurs issus des grandes écoles de la République. D'où, peut-être, les défauts de conception, tout comme la dégradation accélérée de ces rames commandées à la société canadienne Bombardier. Leurs tablettes, toilettes, et autres aménagements présentent en effet, après quelques années d'usage, les troubles qui affectaient les voitures Corail au bout de vingt ans.

Les trains Bombardier, mis en service sur les lignes secondaires, illustrent également l'évolution de nos conceptions sociales. Le soin déployé pour y accueillir les vélos, poussettes et fauteuils roulants, va de pair avec un évident dédain pour le passager ordinaire. À l'amplitude des portes et plates-formes réservées au matériel roulant s'oppose une réduction mesquine de la surface accordée aux places assises, En première comme en seconde classe, le fabricant a même décidé, avec l'aval de la SNCF, de ne plus fournir qu'*un seul accoudoir* entre les sièges. Les passagers assis côte à côte, sur des fauteuils déjà exigus, doivent poser leur coude alternativement, ou négocier un accord.

Cette règle de l'accoudoir unique marque-t-elle une avancée ou une régression ? Doit-on la considérer comme un exemple du *changement* réclamé de toute part, illustrant les nouvelles normes de gestion qui prévalent en France et dans le monde ? Faut-il voir comme un progrès cette façon de grappiller l'espace pour augmenter la rentabilité des voitures ? Faut-il enfin, pour symboliser la persistance d'une forme d'égalité, que cette dégradation du passager ordinaire s'accompagne de privilèges accordés à certains groupes longtemps discriminés, comme le cycliste, l'enfant, le handicapé ? Ou doit-on plutôt dénoncer comme une régression le traitement des voyageurs anonymes se disputant leur accoudoir et serrant les genoux dans l'espace étroit qui leur est imparti ? Quelques-uns regardent, l'air envieux, les larges plates-formes réservées aux véhicules à roulettes, et les vastes toilettes dotées de véritables portails afin d'accueillir les fauteuils roulants. Ici comme ailleurs, il ne reste qu'une chose à faire pour ne pas souffrir moralement, ni subir les continuelles vibrations de la voiture : utiliser la prise de courant qui constitue le seul véritable atout de ces intérieurs modernes, brancher son ordinateur, mettre son casque et s'enfermer le temps du voyage dans un monde meilleur.

Encore faut-il que la lumière extérieure n'éblouisse pas l'écran. Ce qui n'est pas gagné d'avance depuis la disparition des rideaux individuels qui, dans les trains Corail, permettaient à chacun de régler l'éclairage à sa convenance. Trop coûteux en entretien, ils se sont vus remplacés par des stores coulissants qui desservent deux rangées de sièges ; on ne peut donc les baisser qu'avec l'accord de ses voisins. La SNCF ne semble guère réfléchir à ce genre de questions ; pas plus qu'elle ne paraît songer, dans ses commandes de matériel, à vérifier l'adéquation entre les dimensions des convois et la largeur des quais. On a ainsi découvert, au cours de l'année 2014, que les rames fraîchement livrées par Bombardier étaient inutilisables sur toute une partie du réseau, à moins de raboter des centaines de quais pour un montant de plusieurs dizaines de millions d'euros.

L'organisation de l'espace à l'intérieur des trains Bombardier répond, quoi qu'il en soit, à la mécanique générale de notre époque : une constante réduction de la surface individuelle dans l'espace public. On a vu, dans maintes entreprises, comment les salariés autrefois installés dans des bureaux sont désormais regroupés dans des *open spaces* où chacun se voit affecter une place exiguë, calculée au centimètre carré près, à l'intérieur de laquelle il n'a d'autre choix que de se replier, lui aussi, devant son écran, casque sur les oreilles. À chaque phase de renouvellement du matériel roulant s'applique cette même loi de rétrécissement selon laquelle une place de première classe, aujourd'hui, occupe peu ou prou la surface dévolue hier à une seconde classe, tandis que la place de seconde s'est vue elle-même comprimée pour atteindre l'inconfort des classes touristes du transport aérien. La conception de la future génération de voitures TGV n'échappe pas à la règle : la compagnie, pressée de rembourser ses dettes et d'améliorer sa rentabilité, s'est fixé pour objectif d'entasser cent voyageurs supplémentaires par rame (546 au lieu de 446). Mais qu'on se rassure ! On y sera bien plus à l'aise, à en croire les communicants de la SNCF : « Nous nous sommes concentrés sur l'ergonomie et le confort des sièges. »

De leur côté, les transporteurs aériens, inspirés par les succès logiques du *low cost*, envisagent de proposer des places « debout » à bord des avions, qui permettront d'avancer encore sur cette ligne continue de progrès – fort différente de celle que j'imaginais dans mes jeunes années et qui devait se traduire par des gains de confort ajoutés aux prouesses techniques. Il m'aura fallu du temps pour comprendre que le vrai progrès, lié aux gains de rentabilité, doit au contraire se traduire par le recul du confort et de l'agrément ; et que seuls les riches clients peuvent y échapper en accédant aux prestations luxueuses des trains d'affaires internationaux ou des premières classes aériennes. Ainsi voit-on grandir inexorablement la distance entre cette clientèle de luxe et la clientèle ordinaire, tandis que s'estompe le confort intermédiaire, accessible à tous, tel un rêve périmé de l'antique social-démocratie.

6

Éloge du service public

Cet hiver, alors que je venais d'embarquer dans le TGV Est, au *design* rouge et violet signé Christian Lacroix, une voix nous a informés que la vitesse serait *exceptionnellement* limitée à cent soixante-dix kilomètres-heure. L'exception s'étant déjà produite la semaine précédente, j'ai interrogé le contrôleur qui m'a fourni une explication : la cabine de pilotage avait des « vitres étoilées ». Un instant, j'ai supposé que cette expression désignait un matériau de haute technologie en cours de rodage. Le préposé a souri tristement pour m'avouer que les vitres étaient simplement endommagées, et qu'une projection de neige envoyée par un autre train risquait de les faire éclater en pleine voie.

On rencontre deux sortes de contrôleurs dans les TGV. Les uns, qui semblent spécialement recrutés pour cette « marque », tiennent le discours de « l'entreprise » et vous mettent à l'amende à la moindre erreur. Les autres vous regardent, l'air désabusé, signifiant qu'ils pensent comme vous mais qu'ils n'y peuvent rien : tel cet homme chaleureux, désolé de m'apprendre que je voyageais en grand danger et que ce rutilant TGV aux couleurs choisies ne valait guère mieux qu'un tas de ferraille. Sa saleté m'avait d'ailleurs frappé au moment d'embarquer. À l'intérieur, quelques emballages vides hérités d'un précédent trajet emplissaient encore les poubelles, et la porte des toilettes était coincée par un pan métallique décroché.

Ouvrant alors mon journal où il était question des difficultés financières des chemins de fer français, j'ai toutefois constaté que le trajet Paris-Nancy ne faisait pas encore partie des lignes « sinistrées » dont Guillaume Pépy a promis de s'occuper personnellement. Car le président de la SNCF se présente décidément comme l'homme de la dernière chance, Superman des situations désespérées au sein d'une entreprise d'État dont on préférerait qu'il assure le fonctionnement normal. Aujourd'hui, partout en France, il doit répondre à la « révolte des usagers » qui en ont marre de ce réseau ultramoderne où les trains arrivent de moins en moins à l'heure. Mais ce mot « usager », auquel certains se raccrochent, a-t-il encore un sens dans un monde entièrement soumis à la fameuse « concurrence libre et non faussée » ? Les intérêts d'une entreprise se confondent-ils vraiment avec ceux de ses « clients », soumis à des stratégies qui leur échappent – comme d'économiser sur l'entretien de la flotte, pressée de circuler en flux tendu pour faire entrer les devises et rembourser les dettes ?

La République des contradictions

Au sein de l'Union européenne, la libéralisation des services représente un but obstiné. Bien qu'il ne réponde à aucun choix réellement démocratique, la France a résolu de s'y soumettre. Mais notre classe dirigeante, acquise à cet objectif, entend simultanément se présenter en défenseur de certaines institutions auxquelles les citoyens semblent toujours attachés. C'est pourquoi toute la puissance publique a pris l'habitude de pratiquer ce double langage qui consiste, d'une part, à réaffirmer son attachement au secteur public : la SNCF, la poste, la santé ; mais simultanément à le réformer de l'intérieur, de telle façon qu'il s'aligne sur les normes de l'entreprise privée.

Au sommet, le discours de l'État célèbre continuellement les valeurs de citoyenneté, solidarité, république. Sur le terrain, l'action suit imperturbablement les objectifs de réduction des dépenses, de segmentation et de démantèlement des services. La fameuse RGPP (Révision générale des politiques publiques) a imposé ses économies jusque dans les services de santé, conduisant nombre d'hôpitaux à fermer leurs urgences surchargées et leurs blocs opératoires. L'Assemblée nationale a fait voter solennellement un « droit au logement »… purement théorique faute d'imaginer la moindre mesure efficace pour contrôler l'inflation du marché immobilier. D'un côté les slogans, de l'autre les actes. Cette dichotomie est devenue un principe de gouvernement, caractéristique d'un pouvoir qui a renoncé à l'essentiel de sa souveraineté, mais qui fait de la communication. Nicolas Sarkozy s'appuyait sur un préposé au discours républicain (Henri Guaino) pour proclamer dans ses discours le contraire de sa politique effective ; son successeur « socialiste », François Hollande, aura solennellement rappelé les « valeurs de la gauche » pour mieux continuer à démanteler l'édifice collectif.

Les patrons des grandes entreprises publiques reproduisent fidèlement ce modèle. À la une des journaux, Guillaume Pépy vole au secours des citoyens en colère, au moment où la SNCF achève de démanteler la grille de tarifs uniques, fondement d'un accès égalitaire au service public. La compagnie étudie les mesures qui lui permettront d'optimiser les profits de sa « branche TGV », tout en promettant de rénover le pitoyable réseau secondaire avec on ne sait quels moyens, sinon ceux des régions déjà exsangues. Elle soumet ses comptes aux agences de notation financières et laisse enfin entendre que, si tout déraille, ce doit être la faute des syndicats abusivement accrochés à leurs privilèges.

Pour avoir conduit les réformes jugées indispensables, Jean-Paul Bailly est considéré, lui aussi, comme un grand commis de l'État. Car le P-DG de La Poste a mis en œuvre ce même mélange de discours très « service public » et de réduction obstinée des coûts qui se traduit concrètement par moins de personnel, une distribution du courrier plus aléatoire, et la transformation des bureaux de poste en supermarchés où l'on peut jouer, acheter, se divertir, trouver des sacs ou des albums illustrés. Debout derrière leurs guichets flottants, les employés déprimés sont devenus presque aimables et aident parfois les petits vieux désemparés dans le face-à-face solitaire avec les automates. Dans d'autres quartiers, la filiale *La Poste Immo* gère les fermetures de bureaux, transformés en boutiques de mode ou de luxe. Dégageant un milliard de chiffre d'affaires, cette politique a permis d'accueillir sur d'anciens sites postaux les sièges d'Yves Rocher ou de Coca-Cola France. Le service postal finira-t-il par se réduire à un « service minimum », sur le modèle donné par France Télécom et son réseau dégradé de cabines téléphoniques où l'appel est devenu hors de prix ? Comme le suggérait, voilà quelques années, le président de la République aux maires des communes rurales, les gens peuvent bien porter eux-mêmes les lettres urgentes… pour qu'enfin le *public* se charge du *service* !

On connaît également les discours pompeux des élus sur la nécessité de créer de « grands hôpitaux ultramodernes » (toujours l'idéologie du « grand » et du « regroupement », conforme à la logique de « fusion-acquisition » plus qu'à celle du service). Mais ces projets ne font souvent que masquer d'autres opérations immobilières consistant à vendre les terrains bien placés de l'Assistance publique pour exiler les malades dans des bâtiments périphériques en verre fumé, modernes, climatisés, sans âme ni poésie. L'hôtel-Dieu de Marseille s'est reconverti en palace, et celui de

Paris attend son heure. Les responsables de la santé publique agissent en hommes d'affaires, tout en laissant l'hôpital honteusement sous-équipé en personnel et rincé par les exigences comptables.

Un seul mot d'ordre règne sur le patrimoine collectif : se préparer à la concurrence, autrement dit répondre aux appétits des actionnaires, y compris en liquidant les actifs. Les grands réseaux ferroviaires, postaux, téléphoniques, construits méthodiquement grâce à la force de l'État, à la qualité de ses ingénieurs, à ses plans à long terme, doivent passer, morceau par morceau, entre les mains de sociétés lucratives à peine capables d'assurer l'entretien de ce qui existe, mais seulement d'en tirer profit au jour le jour. Pilotes de cette évolution, les hauts responsables publics alignent peu à peu leurs rémunérations sur celles des patrons du privé ; car il ne faut pas sous-estimer, dans ces transformations, le poids des intérêts de ceux qui les mettent en œuvre.

Cette flagrante contradiction entre le discours du bien public et la politique effectivement mise en œuvre éclatait en 2007 lors du fameux « Grenelle de l'environnement », plein de propositions justes présentées comme autant de victoires… mais incompatibles avec la privatisation rampante du secteur public et la perte de contrôle qu'elle entraîne. Il y fut beaucoup question de l'importance du rail dans la lutte contre la pollution. La SNCF ne manqua pas, alors, de se présenter comme un instrument majeur du « développement durable ». Sauf que, dans la réalité, les chemins de fer continuaient à tout mettre en œuvre pour rendre plus difficile et plus chère l'utilisation du train : en généralisant un système de réservation qui empêche leur utilisation spontanée ; en fermant quantité de gares et en bâtissant les nouvelles loin des villes ! Sans parler du démantèlement des voies sur les lignes secondaires – comme si l'on voulait s'assurer qu'elles ne puissent jamais resservir. Quant à l'objectif de développement du fret ferroviaire, il semble se limiter à quelques grandes lignes, la compagnie préférant investir pour le reste dans le très polluant transport routier. La SNCF, amie de l'environnement, est ainsi devenue l'actionnaire majoritaire de Geodis (anciennement Calberson), première entreprise française de poids lourds.

Devant cette dégradation du patrimoine collectif, une bonne partie de la classe politique a choisi de répondre par la compassion – que la socialiste Martine Aubry désigne sous le vocable anglais *care*. Considérant la déréglementation comme inéluctable, les responsables parlent et agissent comme si le rôle de l'État se limitait à gérer les situations de crise ou à venir en aide aux plus démunis. Les pauvres pourront désormais voyager aux conditions du *low cost*, grâce aux billets Ouigo, mis au départ des gares de banlieue, seulement pour certaines destinations… Mais nul n'envisage de remettre en cause la philosophie béate de l'*entreprise* désignée comme solution à tout depuis les années 1980 ; ni cette comptabilité destructrice selon laquelle *chaque* activité (*chaque* ligne de chemin de fer, *chaque* hôpital, *chaque* bureau de poste) doit être rentable, quand l'idée même de service public vise plutôt une juste balance entre les dépenses nécessaires et les profits.

Un tel changement de vues semble pour le moins improbable au sein d'une Europe dont l'administration poursuit exactement le but contraire. Il supposerait, en outre, que la France sache se faire entendre à Bruxelles et à Francfort – comme elle en a les moyens par son poids économique et démographique – au lieu de montrer une timidité dont la Pologne ou la Lituanie ne s'embarrassent guère. Elle donnerait un bel exemple en opposant à la déréglementation des transports l'ambition d'une meilleure desserte ferroviaire du territoire, encourageant l'utilisation du train ! Une telle mission conférerait à la SNCF des droits et des devoirs, quitte à suspendre le développement frénétique du TGV et à rétablir des tarifs accessibles. Le train a besoin d'entretien autant que d'innovation. Il devrait également offrir des services de bagages et des consignes, une restauration digne de ce nom, des voyages de nuit, des places pour les « vapoteurs ». Il devrait enfin assurer partout la présence de personnel, à bord comme dans les gares, plutôt que de faire circuler d'inquiétantes brigades de sécurité sur les lignes sensibles. Il redeviendrait ainsi la forme civilisée du transport, justifiant l'effort du contribuable en sa faveur.

La critique et la nostalgie

À l'automne 2014, peu après la parution de mon roman *L'Ordinateur du paradis*, un animateur de radio m'a demandé sur un ton sévère, un brin rigolard : « Benoît Duteurtre, est-ce que c'était mieux avant ? »

J'étais pris au piège ! Ce fin limier avait vu clair dans mon jeu ! À force de critiquer le monde contemporain – notamment dans ce roman où le héros s'égarait sur Internet –, je laissais entrevoir une inclination naïve pour le passé. N'était-ce pas, d'ailleurs, ce que suggéraient certaines pages du livre ? Spécialement le dernier chapitre où le personnage se retrouvait sur un quai de gare, dans un temps imaginaire qui rappelait celui de son enfance, avec ses vieux trains à compartiments et un contrôleur débonnaire sous sa casquette étoilée ?

J'aurais pu rétorquer que le protagoniste du roman, effectivement, était un personnage mal à l'aise dans son époque, désirant y adhérer par certains côtés, mais réticent par beaucoup d'autres. C'est pourquoi il finissait par se réfugier dans ce rêve passéiste. Il fallait y voir une forme d'ironie. Mais ce journaliste, en face de moi, semblait surtout considérer que de bâtir, roman après roman, une satire du monde contemporain, revenait à manquer d'objectivité et pouvait s'apparenter à une position *réactionnaire.*

Avec un meilleur sens de la repartie, je lui aurais alors rappelé que l'esprit critique est l'essence même de l'esprit moderne, qui nous invite à ne jamais nous soumettre à l'ordre des choses, même lorsqu'il se réclame du progrès. J'aurais encore souligné que, paradoxalement, ce sens critique a souvent brillé chez des écrivains « réactionnaires » dont le regard se trouvait aiguisé par une forme de rupture avec leur époque. Mais j'aurais ajouté que cet esprit critique, ironique, sarcastique peut également se désigner comme *voltairien*, voire un peu *marxiste.* La question, selon moi, n'était donc pas d'être progressiste ou passéiste, mais de jeter sur le présent un regard distancié, étranger aux dogmes qui nous gouvernent, y compris ceux d'une modernité devenue aveugle : le changement pour le changement, la vitesse, la communication.

En France comme sur les continents où s'amorcent de nouvelles révolutions économiques, cet *ordre moderne*, censé nous libérer, montre souvent sa violence dans la liquidation d'un monde jugé périmé. La volonté mercantile de liquider tout ce qui existe, la tyrannie qui s'exerce, au nom du progrès, entraîne parfois une dégradation des conditions de vie face à laquelle l'amour du passé – ou de certaines choses passées – constitue un acte de résistance. C'est pourquoi je m'en tiens, pour ma part, à cette idée qu'il importe, devant chaque changement, de mesurer ce que nous gagnons et ce que nous perdons.

Voilà ce que j'ai voulu faire dans ces quelques pages où je relate mon expérience d'usager du service ferroviaire, transformé malgré moi, depuis quelques années, en « client » d'une entreprise dont je me croyais le propriétaire. M'appuyant sur une longue fréquentation des gares et des trains, sur mes conversations avec le personnel (et non « les personnels », comme on dit aujourd'hui), sur des dizaines d'années passées à voir évoluer ce réseau, j'ai tenté d'approfondir cette réflexion ; mais je ne l'ai pas fait comme un économiste ou un spécialiste des affaires publiques ; plutôt comme un passager curieux, observant, notant certains détails, lisant des rapports, s'agaçant que les autorités rendent plus compliquée l'utilisation d'un moyen de transport qu'elles ne cessent, simultanément, de recommander. J'analyse comment l'obsession de la concurrence, des marques, de la finance, de la sécurité, toutes ces transformations présentées comme nécessaires finissent par détruire, morceau par morceau, un service pratique et performant… pour qu'on en arrive, au bout du compte, à nous présenter la SNCF comme une entreprise en faillite.

En voyage

Les transports modernes ne manquent pas d'avantages ni d'agréments. Même en payant cher son billet, même en le réservant des jours à l'avance, même sans restauration ni droit de fumer, il est plaisant de filer en TGV, à trois cents à l'heure, parmi les paysages de Bourgogne avec leurs villages perchés, leurs campagnes grasses, leurs murs de pierre blanche, leurs troupeaux de moutons, et chaque détail de ce décor qui a traversé les siècles. J'ai toujours aimé les trains pour ce sentiment de glisser dans le monde en spectateur. Je colle mon regard à la vitre comme à un écran fantastique où se succèdent les morceaux de nature, d'histoire, d'humanité.

Là encore, quelque chose a changé depuis ces autorails dont on baissait le carreau en tournant une manivelle, pour dire au revoir à ceux qu'on aimait, avant de pencher le visage au dehors et de respirer les parfums de la campagne. On se trouvait à la fois dedans et dehors, joyeusement lancé à travers le monde. La sensation est différente dans le TGV, plus proche de l'avion, voire de la cabine spatiale et de tous ces transports pressurisés, climatisés, isolés pour des questions de confort et de sécurité. L'impossibilité d'ouvrir la vitre, même dans les plus modestes trains régionaux, enferme le voyageur dans sa navette, sans pour autant détruire le spectacle. Les beaux coins de campagne se succèdent comme dans une vidéo, jalonnée par des villes assez semblables avec leurs lotissements, leurs zones commerciales, leurs enseignes et leurs parkings. Puis on traverse d'autres campagnes, où l'on achèterait bien une petite maison tranquille pour s'y retirer sagement avec de vieux livres et une grande cheminée. On s'y rendrait le week-end en descendant à la nouvelle gare TGV… à condition d'avoir une voiture, car il n'existe pas de correspondance, et la petite gare locale a fermé depuis longtemps.

Mais déjà, le voyage arrive à son terme. Mon train ralentit à l'approche de cette capitale régionale où j'ai rendez-vous, dans une demi-heure, pour une conférence bien payée sur les inconvénients de la grande vitesse. Ce soir, celle-ci me permettra de regagner Paris – puis de faire mes courses au centre commercial *Carrefour Railways* qui vient d'ouvrir au milieu la gare, parmi tout un alignement de boutiques de fringues, de bagages et de lunettes noires. C'est pratique, au fond. Je devrais cesser de m'impatienter pour un rien, de construire des édifices sur mes agacements. Cela vaut-il réellement la peine ? Pourquoi faut-il que je démasque, un peu partout, cette machination faite pour gâcher ma vie ? Pourquoi faut-il que cela me fâche et me pousse à noircir des pages et des pages ? Peut-être parce qu'ainsi ma colère se transforme en énergie, en jeu, et même en réconfort ; comme si cette époque s'éclairait soudain d'une lumière plus précise, et cessait d'être chaotique pour prendre un sens qui nous appelle à réfléchir, à réagir, à nous arrêter quelques instants, chaque fois qu'on nous invite à foncer plus vite.

Table

Mise en pages PCA
44400 Rezé

IMPRIM'VERT®

Achevé d'imprimer
en avril 2015
par Corlet imprimeur
14110 Condé-sur-Noireau

Dépôt légal : mai 2015
N° d'imprimeur : 172905
Imprimé en France